ラスト・ホールド！

松井香奈／著
川浪ナミヲ・高見健次／脚本

★小学館ジュニア文庫★

もくじ
ラスト・ホールド!
CONTENTS

ボルダリングは人生と同じ。壁と向き合い、登っていく。
そして、壁を登りきると、また新たな壁が現れる――。

来たれ！　ボルダリング部！

「……これで、よしっと」

目鼻立ちのはっきりとした顔に金髪が印象的な青年が、ビデオカメラの位置を調整している。位置が決まると、青年は後ろに下がって壁の前に立ち、まっすぐにカメラを見据えた。

彼の後ろにある壁には、『ホールド』と呼ばれるカラフルな突起物がびっしりと取りつけられている。これは、スポーツクライミングの一種、『ボルダリング』という競技用の壁で、登ろうとする選手たちを阻むように手前側に傾斜している。

「ボルダリングは……」

青年が、カメラに向かって話し始めた――。

彼の名は、岡島健太郎。取手坂大学の4年生になったばかりで、ボルダリング部のキャプテンをつとめている。キャプテンといっても、目下、部員は岡島ひとり。3月で先輩たちはみんな卒業してしまったので、新入部員を獲得するための勧誘ビデオをひとりで製作中なのだ。

「ボルダリングは人生と同じです。壁と向き合い、登っていく……」

カメラに向かって話していた岡島が、壁の方を振り返り、肩の高さにあるホールドに指を引っかけた。慣れた様子で高い位置にあるホールドを次々とつかみ、グイグイと壁をよじ登っていく。そして、あっという間に画面から消えたかと思うと、すぐにマットに飛び降りてきて、カメラの向きを変え始めた。手は滑り止め用のチョークまみれで、オーバーサイズのタンクトップから伸びる肩と腕は、壁を登るために日ごろから鍛えている筋肉で盛り上がっている。カメラ目線で話す岡島の瞳は、キラキラと輝いている。

「壁を登りきると、また新たな壁が現れます」

岡島の言葉通り、向きが変わった画面には別の壁が映し出された。今度は傾斜のない垂直な壁だ。岡島は、ホールドに飛びつくと、今度もまた手足を自在に動かして軽々と壁を登り、画面から消えた。そして、すぐに飛び降りると、カメラ目線で大きくうなずいた。

「どう、やってみたくない？」

自撮りの勧誘ビデオを見せながら、岡島は目の前のふたりの新入生に向かって身を乗り出した。

4月、入学式直後の大学構内は、新入生歓迎のムードに包まれていた。敷地には、各サークルのブースが設けられ、先輩たちが新入生の争奪戦を繰り広げている。岡島も、キャンパスの目抜き通りに長テーブルと椅子を並べ、ボルダリング部の青いフラッグをかかげて、新入生に手当たり次第に声をかけまくっている。

ビデオを見終わった新入生のひとりが引き気味に言う。

「ていうか、なんで誰かに撮ってもらわなかったんですか……」

（この人、もしかして友達いないのかなぁ……）

大学生活を始めたばかりの新入生たちは、期待に満ちた目をギラギラさせ暑苦しく迫ってくる岡島を見て、なんだか不安になった。

「そんなことより、どう？　一緒に頑張ろうよっ！」

岡島は、申込用紙とペンを手に立ち上がり、身を乗り出してニッと白い歯を見せた。

「あっ、いや……」

「ちょっと、いいです」

新入生たちは慌てて席を立つと、逃げるように行ってしまった。

「ちょ、ちょっと！　はぁ……」

岡島は、ため息をついた……。しかし、こんなことでめげている場合ではない。

（なんとしてもあと６人、必ず部員を集めるぞ！）


岡島が部員集めに必死になっているのには理由があった。今から２週間ほど前のこと、長らく苦しめられていた肩のケガがようやく完治した岡島は、病院の先生の許可が下りると、さっそく大学の練習場に向かった。

「よーしっ！」

久しぶりのクライミングに胸を躍らせながら練習場に入っていくと、そこにいたのは学生ではなく建設業者の人々だった。脚立と電気ドリルを手に、壁のホールドを外そうとしている。岡島は、目の前の光景に一瞬言葉を失った。

「……！」

自分がケガで部活から離れている間に、先輩たちが全員卒業してしまい、実質廃部状態だったボルダリング部の壁が取り壊されそうになっていたのだ。

岡島は慌てて大学の事務室に駆け込んで、工事を取りやめてもらうように掛け合った。

「ボルダリング部の壁を、勝手に壊さないでくださいよ！　僕がいるんですから！」

「でも、ボルダリング部は、君ひとりの時点で部として認められてないの」

事務の女性が冷たくあしらう。大学の規約では、部員数が最低7人いないと部活動としては認められない。たったひとりのために、部室や練習場を提供することはできないのだ。このままでは、練習場の壁が取り壊されてしまう。

「7人ですね、7人！」

「え？」

「7人集まればいいんですね！」

「まあね……」

念を押す岡島の気迫に、事務の女性は気おされたように答えた。

「……絶対集めてやる！」

その日から、岡島の必死の勧誘活動が始まった。だが、今のところ成果はまるでナシ。相変わらず部員は岡島ひとりだ。4月の新歓の時期を過ぎたら、部員を6人も集められる見込みはなくなってしまう。

「クッソー！」

ボルダリング部のブースで、岡島は気合を入れなおした。なんとしても新入生を確保してみせる！

「来たれ〜、来たれ〜！　ボルダリング部〜〜〜〜！」

大声で叫びながら、他のサークルのブースにいる新入生にもチラシを配って回る。

「君も一緒にやろう！　君も、君も！」

手当たり次第にチラシをばら撒く。

「楽しいよ、ボルダリング！　君も、ほら、兼任でいいから！　待ってるよ！」

すると、ひとりの女子生徒が興味深そうに渡されたチラシを見た。

「ボルダリング？　ちょっとやってみたいなぁ」

「けど、あの人必死すぎて怖くない？」

一緒にいた友達が横目で岡島を見る。岡島は近くのブースにいた男子の肩に腕を回し逃がさないようにがっちりとつかんで、必死に勧誘しているところだ。

「ほんとだ、キモーい」

「!?」

その声が岡島の耳に届いた。ふと冷静に周りを見ると、新入生たちは岡島を避けるように遠巻きに歩いている。

(うん……!?　もしかして、俺のせい？)

どうやら気合が空回りして、完全に引かれてしまったようだ。

そこで、岡島は自分のブースに戻ると、今度は腕組みをして座り、じっと待つ作戦に切り替えた。春のうららかな陽を浴び、ただじーっと待つ。押してダメだったら引く、恋愛の法則と同じだ。

すると、メガネの青年が、『レッツ・クライミング！』と書かれたボルダリング部の青いフラッグの前で立ち止まった。黒髪に地味なチェックのシャツを着たおとなしそうなその青年を、岡島は眉をあげてチラッと確認する。

(来た！　獲物が来た！)

「ぐぅぅ……」

今すぐ声をかけたい！　けど、ここは我慢……。すると、青年の方から話しかけてきた。

「これって……」

(来たっ!!)

飛び上がりそうな気持ちをおさえ、岡島は平静をよそおって青年の方を見た。

「はい？」

「これって、山登り的なことだべか」

「だべ……？」

どうやら東京の出身ではないらしく、青年は独特の方言で質問を続けた。

「この部さ入れば、山とふれあえるんですか？」

「え……山……？」

山というより、壁なのだが……しかし、せっかく来た獲物を逃すわけにはいかない。岡島は、立ち上がって青年に駆けよった。

「おおお、もちろん！　練習では、山みたいな岩にも登ったりする！」

これはウソではない。ごくたまにだが、ボルダリング部は、合宿などで渓谷の岩場に行ってフリークライミングをすることがあるのだ。青年は、岡島の言葉にほっとしたような笑みを浮かべた。

「本当ですか。うんわぁ、山さ囲まれて育ったんで、大都会のビル群が息苦しくて……」

（ちょっと違うけど、まあいいか）

こうして、地方出身の素朴な新入生、新井武蔵君が晴れてボルダリング部に入部した。

新入部員第1号だ！

岡島は、新井とふたりで、「ただじっと待つ作戦」を続けた。さまざまなサークルのチラシを手にボルダリング部のブースを素通りしていく新入生たちを見て、新井は不安げに尋ねた。

「あのぉ、勧誘さしないんですか？」

「うん。ただ待つ作戦にしている」

「待ってても来ないですよ。わ、勧誘してきてもいいべか？」

「わ」とは、新井の出身地方では「僕」という意味で使うようだ。

「いいけど、あまりいい効果ないと思うよ」

それでも、新井はいてもたってもいられずブースの前に出て、新入生たちに向かって叫んだ。

「来たれ〜！　ボルダリング部〜！」

すると、隣のブースを見ていた青年が怖い顔で振り返った。

「ボルダリングだと!?」

「ほら、いいことない」

岡島が小声でツッコむ。青年は1年生のようだが、茶髪にボウリングシャツをさらりと着こなして、少しチャラい感じ。新井よりもずっと大人っぽく見える。青年は、眉間にしわを寄せ、新井に詰めよってきた。

「ボルダリングは嫌いなんだよっ！」

「はぁ……」

いきなりからまれた新井は、怯えた目で青年を見返す。

(怖ぇ、都会、怖ぇ……)

新井は泣きそうな顔で後ずさるが、青年はグイグイと距離を詰めてくる。岡島が慌てて間に入る。

「どうしたの、君、落ち着いて！」

「いや、アケミが……」

「アケミ？」

「アケミがボルダリング野郎に取られたんだよっ」

青年は吐き捨てるように言った。

「アケミって、もしかして彼女？」

「ああ。ボルダリングやってる桜庭ってヤツに」

そう言うと、青年は突然、岡島をにらみつけた。

「あ、お前、桜庭じゃないよな？」

「お、岡島！　で、こいつは新井」

岡島は、慌てて自分の名を名乗ってから、横にいる新井の肩を叩いた。

「俺の大事なアケミを、ボルダリング野郎がっ……」

青年は憎々しげに拳を握った。その様子を見て、岡島は閃いたように目を見開くと、いきなり青年の肩をつかんだ。

「そのくらい、なんだよ」

（ナニ、この人!?　逆にケンカふっかけてら）

岡島の背中越しで、新井が驚きの目で岡島を見る。

岡島は、真剣なまなざしで青年を見つめた。

「見返してやればいい。桜庭にあって君にないのは、ボルダリングをやってるかそうじゃないかだけじゃないのか!」

(ナニ言ってるんだべ、この人……)

新井が首を傾げる。しかし、青年は意外にも、

「その通りだ」

と、大きくうなずいた。新井が心の中でつぶやく。

(コイツもなんだよ……)

「やろう! ボルダリング!」

「ああ!」

ふたりは、すっかり意気投合してしまった。

(ふたりともマジヤベェ……)

新井が、後ろで呆れたように首を振った。

こうして、彼女を取られた青年、桃田渉が部員になった。

3人は、岡島のおごりで学食にご飯を食べに来ていた。ランチタイムを過ぎた学食は、

人もまばらだ。

「ごちそうさまでした！」

定食を食べ終わった新井と桃田に、岡島が言う。

「よし。じゃあ、もうひといき頑張ろうか」

「？」

岡島は、カバンから大きな袋を取り出して、テーブルの上にドンと置いた。

「プロテインミルク！　ボルダリングやるなら、なんといっても体を鍛えなきゃね」

さらに、新入部員用に用意しておいたシェイカーをふたりに差し出す。シェイカーに入ったその飲み物を見て、新井と桃田は顔を見合わせた。

「飲んだことある？」

「いや……」

テーブルに置かれた袋の中身は、どうやらプロテインの粉末らしい。それを牛乳に入れてシェイクしたものがシェイカーに入っているようなのだが、なんとも不安だ。岡島は、腰に手を当て、自分の分のプロテインミルクを一気に飲み干した。

「ぷはーっ」

おいしそうに飲み干した岡島を見て、ようやくふたりもシェイカーに口をつけた。

すると、岡島たちのテーブルを通りかかった男子学生が、テーブルに置かれたプロテインの袋を見て目を輝かせた。

「そのプロテイン、アイアンスポーツ製のホエイバニラですか？」

黒いタンクトップから出た肩から腕のラインが、筋肉で盛り上がっている。

（うわぁ、なんかヤベェの来た……）

桃田は思わず視線をそらした。すると、目の前に座っていた岡島が立ち上がり、Tシャツの袖をまくった。鍛えあげた筋肉を見せつける岡島を見て桃田は思った。

（こっちもヤベェ）

「失礼」

岡島は、そう言って青年の筋肉を触り始めた。青年は筋肉を触られることに慣れているのか、直立不動だ。岡島は、前後左右、両手でペタペタと確かめながら、

「あ、これはなかなか……」

と、つぶやいた。青年が嬉しそうに岡島を見る。

「わかりますか」

「わかります。しかし、失礼を承知で申し上げます。その筋肉、ただの『見せ筋』ですね」

(ナニ言ってんだ、コイツ……)

桃田が心の中でツッコむ。筋トレに興味のない桃田からすると、まだ4月だというのにTシャツとタンクトップで筋肉を見せ合いながらしゃべること自体が、かなりヤバい。しかし、本人たちは真剣だ。岡島は、青年の筋肉をひと通り確認すると、残念そうにため息をついた。

「実用的な筋肉ではない。あまり使ってない」

青年が驚きの声をあげる。

「なぜ、それがわかったんですか!?」

「わかりますよ」

岡島が得意げに答える。

「……実は俺、ドラマーなんですが、今、バンドやってないから体がなまっちゃって……」

青年は、ポケットからドラムスティックを出した。

「それはもったいない！　せっかくの筋肉、もう少し実用的にいかしてみないか」

「なんですか？」

「ボルダリングだ」

「ボルダリング……？　……なるほど。それはよさそうだ」

（コイツ、バンドやらなくていいのか……）

桃田は冷めた目でふたりのやり取りを見ていた。

なにはともあれ、筋肉自慢のドラマー、1年生の高井戸仁太が新たにボルダリング部に加わった。岡島と高井戸は、筋肉の話で盛り上がる。

「そうそうそう。これ、ホエイバニラ。やっぱこれだよね。それにしても君、いい筋肉してるねぇ。この筋肉だったらボルダリングにいかせるよ。腕も太いし、前腕もすごい！　これだったら、すぐ登れる。うん」

岡島の弾んだ声が、少し離れた席で遅めのランチをしていた1年生の河口亮二の耳に届いてきた。

（ボルダリングか……）

河口は、小さなため息をついた。そこへ、男子学生が声をかけてきた。

「哲学科の新入生？」

「そうだけど」

「よかったー！　俺、桑本。俺も同じ哲学科」

桑本由人は、河口の横に座りながら軽いノリで自己紹介をした。金髪に派手なキャップ、オレンジ色のTシャツは、学食の中でもかなり目立っている。

「ねえねえ、サークル決めた？　一緒に回らない？」

桑本は人懐っこそうな笑みを浮かべた。

「ああ……」

河口は、ボルダリング部のメンバーが座る席の方を見やった。岡島が、新入部員たちに話している。

「あと3人。ダメだ！　俺に残されている時間は少ないんだ。今すぐ練習したい！」

そう言うと、岡島は、ホールドをつかむようにテーブルの端をつかんで身もだえした。

桃田が冷静に言う。

「けど、まだ練習場使えないんでしょ？」

岡島は、桃田の方に身を乗り出すと、アツい語気で言った。

「……作る！」


新井・桃田・高井戸の3人を連れて外に出ると、岡島は構内の空きスペースでさっそく作業を始めた。ホールド固定用の穴が開いた木製ボードに、電動ドリルで次々とホールドを取りつけていく。

「こんなんで、できるんですか？」

高井戸が尋ねる。

「ああ。自家製ウォールを作る人は、けっこういるんだよ」

「その赤いヤツ、こっちのがいいんでねえべか。届かなくないですか、そこだば」

新井は、取りつけたばかりの赤いホールドを指した。確かに、かなり上方に取りつけられている。岡島は笑った。

「ジャンプすれば届くだろう」

「じゃあ、このデカい緑は？」

桃田が膝にのせていた大きなホールドを見た。

「うーん、これは……」

地面に置かれたウォールを見て、岡島が首をひねる。バランスよく配置しないと、ホールドは手の置き場や足場として機能しない。だからといって、簡単すぎてもダメ。ホールドの配置を考えるのは難しい。

そのとき、ひとりの男子学生がスマホをいじりながら校舎の階段を下りてきた。スマホの画面から目を離さないまま、踊り場で立ち止まる。シャツを第1ボタンまできっちりと閉め、無表情のまま画面をじっと見ている。

「……」

彼がスマホでやっているのはパズルゲーム。連続技が決まりステージをクリアしたところだ。

(たいしたことないなぁ……)

男子学生はつまらなそうにスマホから顔を上げた。すると、窓の外、地面に置かれた岡島たちのウォールが目に飛び込んできた。

「……」

まるでパズルゲームみたいだ。男子学生は思わず目を見開いた。窓が開いている場所まで階段を一気に駆けおりると、外にいる岡島たちに話しかける。

「あの、なんのゲームしてるんですか?」

岡島は声のする方を見上げた。

「え……?　ゲーム??」

男子学生の名前は、中道学。生粋のゲーマーで、パズル系のゲームが得意だ。

中道は、岡島たちに合流すると、次々とホールドの位置を決め、あっという間にウォールを完成させてしまった。

岡島たちは、校舎の壁に、できあがった練習用ウォールを立てかけた。全体にうまく配置されたホールドを見て、岡島は中道に言った。

「君、目のつけどころ、いいね」

「いえいえ」

中道は照れくさそうにほほ笑んだ。

「よーし！　登るぞ―――！」

岡島は、はやる気持ちをおさえきれず、さっそく中央のホールドを両手でつかんだ。

「ちょっと！　押さえて押さえて！」

新井の指示で、みんなは慌ててウォールを支えた。岡島は、手と足を交互に出しながら
3メートルほどの高さをすぐに登りきってしまった。

「うわー！」

「すげーっ」

思わずみんな拍手を送る。しかし、下りようとすると、ウォールがぐらぐらと揺れて、
さすがの岡島もバランスを崩してしまった。

ウォールを部室へと運びながら、中道が岡島に言う。

「これで毎日練習は、無理ですよね」

「ああ。ちょっと危険すぎるな」

「お前がちゃんと板持ってないからだ」

桃田が新井にきつく言うが、新井はのんびりと言い返す。

「さすがに無理だべ。板をどこかにくらねば」

「けど、あとふたり。あとふたり入ってくれれば……」

岡島、新井、桃田、高井戸、中道……あとふたりいれば、7人になる。そうすれば、練習場の壁が使える。岡島は意気込んで胸の前で手を合わせた。


ちょうどそのころ、学食で出会った河口と桑本は、サークルの勧誘ブースを見て回っていた。桑本が楽しそうにステップを踏む先輩たちを見て、河口に言う。

「ねえ、一緒に入ろうよ、ダンスサークル。就活にも有利だってさ」

「そんなことないと思うけどな」

「え、でも絶対楽しいって！」

「就活は関係ないと思うけどな……」

ノリのよい桑本とは正反対で、1年生にしては落ち着いた感じの河口がクールに言った。

そこへ、岡島と一緒にウォールを運ぶボルダリング部の新入部員たちが通りかかった。先頭を行く岡島が、河口を見つけ、足を止めた。

「あれ、お前……？　河口、だよな？」

河口は、姿勢を正し岡島にえしゃくをした。

「ご無沙汰してます」

岡島は河口に駆けよった。

「部活決めた？　ボルダリング部大募集中なんだよ。一緒にやろうよ！」

「お知り合いですか？」

新井の問いに、岡島は大きくうなずいた。

「うん。経験者だよ。昔、一緒の大会に出てたんだ」

岡島は、河口を見た。

「うまいぞ、河口は」

「おお！」

高井戸が期待の声をあげる。しかし、河口は申し訳なさそうに言った。

「……すいません。やらないっす」

「え、なんでだよ、やろうよ！」

岡島は、河口をアツい目で見る。すると、桃田が岡島の横までやってきて、河口と、その横にいた桑本に頭を下げた。

「頼む！　ふたりとも入ってくれ！」

「え、僕も⁉」

いきなり勧誘され、きょとんとしている桑本に桃田が続ける。

「君たちが入ってくれないと、俺、アケミを取り返すチャンスが……」

「えっと……」

戸惑う桑本の代わりに、河口がクールに言う。

「いや、なんかよくわかんないけど、やらないよ」

すると、桃田が顔を上げ河口をにらみつけた。

「なんだよ！　ボルダリング野郎はみんなクズかよ。こんなにお願いしてんのによ、やってくれよ。お前、経験者なんだろ」

キレ気味にまくし立てる桃田を見て、重たいウォールを抱えたまま新井がつぶやく。

「強引すぎだべ……」

桃田は、新井の言葉も耳に入らず河口に詰めよった。

「じゃあ、俺と勝負しろ！　ボ……」

そのとき、重さに耐えかねて新井たちがウォールを落とし大きな音がしたが、桃田はそのまま言葉を続けた。

「…リングでお前が勝てば引き下がる。俺たちが勝ったら入部な」

「いいだろう」

「お前もだからな」

「えーっ」

わけもわからず巻き込まれた桑本が、すっとんきょうな声をあげた。

桃田が真剣なまなざしで正面を見据えている。

「……」

その視線の先にあるのはボルダリング用の壁、ではなく、ボウリング用のピンだ。岡島たちボルダリング部員と、河口・桑本は、大学の近くのボウリング場で真剣勝負の真っ最中だ。

桃田の投げたボールは、ピンに一直線、見事ストライクを獲得した。ボルダリング部のみんなから歓声があがる。

「イエーイ!」

「よくやった、桃田!」

すると、桑本が怒って立ち上がった。

「こんなん詐欺だよ! 誰だってボルダリング勝負だって思うじゃないか」

「なんで詐欺なんだよ。俺はボウリングって言ったからな!」

そう、桃田は「ボルダリング」ではなく確かに「ボウリング」で勝負だと言ったのだが、ちょうどそのとき、新井たちが練習用ウォールを落としてしまい、大事なところが聞き取れなかったのだ。

「クッソー！　こうなったら勝つしかないよ、河口君」

桑本は、河口の肩を叩いた。河口はゆっくりとうなずくと、立ち上がった。ボールを胸の前で構えて、正面にある10本のピンを射貫くように見る。まるでプロボウラーのような静かな気迫がただよう河口を、みんなが固唾を飲んで見守る。

「……」

河口が、ついにボールを投げた！　構えは完ぺきだったはずなのに、ボールは一瞬でガーターへ。どうやら河口、ボウリングは苦手らしい。

結局、大差で勝負がついた。

「よし！　ふたりとも入ってもらうからな」

桃田の言葉に桑本が困ったように言う。

「えー、ほんとに僕も？」

岡島が言う。

「兼部でいいから。ダンスサークルと」

「まあ、それなら……」

桃田が嬉しそうに桑本の肩に腕を回した。他の仲間たちも歓迎する。その後ろでほっとしたように部員たちを眺める岡島に、ずっと黙っていた河口が声をかけた。

「岡島さん、本当に憶えていないんですか。僕は……」

なにかを言いかけたとき、桃田が河口の肩を叩いた。

「約束だからな。いいな」

「……負けは、負けだ」

「よし！　これで7人そろった！」

桃田の言葉に岡島がうなずく。

「ああ。これでボルダリング部、再始動だ。インカレ優勝目指すぞ！」

「オーッ！」

「……」

気合を入れる部員たちを、河口はひとり複雑な顔で見ていた……。

2 ボルダリング部、再始動！

部室の壁のボードに、部員の名札代わりに7人の名前が入ったホールドが取りつけられた。岡島、新井、桃田、高井戸、中道、桑本、そして河口。取手坂大学ボルダリング部、いよいよ再始動だ。

新入生歓迎のムードも落ち着いたある日の放課後、7人はさっそく練習場に集まった。『オーバーハング』と呼ばれる手前に傾斜した大きな壁の前に立ち、岡島が部員たちにボルダリングの基礎知識の説明をする。

「2014年から2017年まで、4年連続でボルダリング世界ランキング1位の国ってどこだか知ってる？」

「さぁ」

「アメリカとか？」

桑本の答えに、岡島がほほ笑む。

「それは、ここ、日本なんだ」

「えーっ」

みんなから、驚きの声があがる。

「スポーツクライミングは、もともと自然の岩場を、道具に頼らずに身体技術だけで登る『フリークライミング』が競技として進化したものなんだけど、今では、その競技人口は世界で３５００万人以上、日本では推計で60万人と言われている」

「へぇ」

「スポーツクライミングは3種目に分けられる。高さを競う『リード』、速さを競う『スピード』、そして登った数を競う『ボルダリング』。ボルダリングは、制限時間内であれば同じコースを何度でもトライできるんだけど、最終的な成績にかかわるから、できるだけ少ないトライ数で登ることが重要なんだ」

岡島は、勧誘ビデオでやっていたようにホールドに手足をかけて壁をスイスイ登ってみせると、飛び降りて、また話し出した。

「技術力に加え、洞察力や戦略が問われる競技で、いかにムダのない正しい動き、『ムーブ』を選択できるかが勝負のカギとなる。ボルダリングは、『身体を使ったチェス』とも呼ばれているんだ」

「チェスだなんて、なんだか難しそうだべ……」

新井の不安に岡島が答える。

「競技自体は奥が深いけど、ルールは簡単。スタートは、例えばこの課題だと、ここ」

そう言って、チョークがこびりついて白っぽくなった紫色のふたつのホールドをそれぞれの手で握った。ホールドのそばには、目印としてスタートの頭文字「S」のテープが貼られている。岡島は、壁に配置された色とりどりのホールドの中から、スタート・ホールドと同じ紫色のホールドを指して説明を続ける。

「あとは、この紫のホールドを使って壁を登っていく。あそこのゴールの印のあるホールドを両手でつかむことができたら成功。『完登』だ」

「カントウ？」

耳慣れない言葉に、中道が首を傾げる。

「ああ。完ぺきの『完』に『登る』で完登。壁を制覇するってことだ」

「なるほど」

話を聞いていた部員たちが、ゴールの「G」のテープが貼られた紫のホールドを見上げた。

次に岡島はホールドの種類と持ち方を説明した。

持ちやすそうな形の『ガバ』は「ガバッ」と指を深くかけることができるホールドで、初心者向けのコースに多い。一方、『カチ』は指先しかかけられない浅めのホールド、つかむのには指の力が必要になる。親指と4本の指で挟むように持つ『ピンチ』、丸いなめらかな形の『スローパー』は手のひら全体で包むように持たなければならない。他にも真ん中に穴が開いている『ポケット』など、ホールドにもさまざまな種類があり、形によってつかみ方にもコツがある。

ひと通りの説明が終わり、いよいよ実践練習が始まった。岡島は、さっき説明した紫のホールドの課題を指した。

「じゃあ桑本、この課題を登ってみて」

「これは、簡単そう！」

桑本は張りきって立ち上がると、滑り止めのチョークを手につけてホールドを握ると、小さな足場に両足をかけた。壁が手前側に傾斜しているのでこの姿勢を維持するのにも背中の筋力が必要だが、ダンス好きの桑本は、きれいに体勢をキープできている。桑本は、ひとつ上にある紫のホールドをつかんだ。しかし、そこから先がうまく進めない。すると、周りで見ていた部員たちが声を出した。

「違う違う、そこじゃない」

「え、違うの？」

「もっと左にホールドがあるよ」

「あ、これか」

桑本はみんなの指示通り、自分がつかんだ近くのホールドではなく、腕を目いっぱい伸ばさなければ届かない離れたホールドをつかんでみた。すると、ゴールまで続く紫のホールドの道筋が自然と見えた。

「いける！」

桑本は、あっという間に登りきってゴールのホールドを両手でつかむと、マットに飛び降り、岡島に笑顔を見せた。

「ほらね！　登れたでしょ！」

「じゃあ次はこの課題だ」

岡島は、今度は青いスタート・ホールドを示した。桑本は、ゴールの印が遠くないのを見て、すぐにこの課題はそんなに難しくないと思った。

「これもいけると思いますよ」

さっそくホールドにしがみつくと、右手を動かし、すぐ上のホールドをつかむ。ところが、次の一手を出そうとしたところで手が交差してしまい、バランスを崩してマットに落ちてしまった。

「これ、見た目よりムズいぞ」

桑本はみんなに言った。

「手順が違うんだ」

岡島は、手本を見せるために同じホールドにしがみついた。

「一手目を左手でつかんだら、ほら、あとは楽だろ」

岡島はスイスイと完登してみせると、ゴールから飛び降りみんなの方を見た。

「これがコースを読むということだ」

ボルダリングでは、コースを読むことを『オブザベーション』という。これも競技の大切な要素のひとつで、登る手順や、手の位置、足の位置をすべてイメージしてから壁を登り始める。一手でも間違えれば、先ほどの桑本のようにバランスを崩して落下してしまう。ボルダリングでは、筋力だけでなく、戦略も勝負の明暗を分ける重要なポイントになるのだ。

「じゃあ桃田、この登り方で登ってみ？」

「登り方わかっちゃえば楽勝でしょ！」

桃田は、チョークもつけずすぐにスタートすると、岡島の教え通り、一手目を左手でつかんだ。しかし、その先に進もうとしたところで、オーバーハングの壁に跳ね返されるように落下してしまった。

「あれ？」

悔しそうに壁を見上げる。

「登り方がわかっても、落ちちゃうヤツはどうすればいいか」

岡島が腕組みをして部員たちを見た。

「基礎練習しかない！」


こうして、新入部員6名の基礎練習の日々が始まった。

といっても、大学にボルダリング部専用の筋トレマシンなどがあるわけもなく、6人は、岡島が考案した練習メニューをこなすことになった。岡島が日ごろからやっているのは、大学構内のさまざまな場所を使ったオリジナルのトレーニングだ。

まずは、校舎1階の外壁を使った練習からだ。両手を頭の後ろで組み、ガラス張りの壁にへばりつくようにして、幅の狭い桟の上をみんなで並んで歩く。先頭を行く中道がつぶやく。

「手を使わず壁密着ウォークって……これ、役に立つのか？」

6人横並びでカニ歩きをしている姿を、女子たちが建物の中から見て、クスクスと笑っている。その視線に気づいた新井が顔を赤くする。

「ていうか、恥ずかしい。岡島さんだけ、やらねえでズルい……」

新井はできるだけ顔を見られないように横を向いた。みんな、口には出さないが心の中では同じことを思っていた。

(俺のキャンパスライフは、こんなはずじゃなかった……)

と。入試を勝ち抜き、せっかく憧れのキャンパスライフがスタートしたのに、ボルダリング部に入ってしまったおかげで、男たちと並んでカニ歩きだ。自分が想像していたのとはまったく違う意味で、女子たちの注目の的だ。

「はあ……」

6人は、カニ歩きのままため息をついた。

新入部員たちが基礎練習にはげんでいたころ、岡島はひとり練習場の1番大きな壁に向き合っていた。スタートポジションにつくと、最初の数手を一気に進み、かなり距離のある次のホールドを見上げた。タイミングを見計らい、弾みをつけてジャンプ！　ホールドに向かって腕を目いっぱい伸ばす！　……だが、届かずに落下してしまった。

岡島は、マットに座ったまま、悔しそうにつかみ損ねたホールドを見上げた。

（ボルダリングは人生と同じ。壁の連続だ……）


一方、６人の新入部員は、恥ずかしさに耐えながらカニ歩きトレーニングを終え、構内の一角で休憩をしていた。そこへ岡島がやってくる。

「じゃあ次は手のトレーニング。けんすいだ」

「げえっ」

桃田がげんなりとした顔をする。

「90度けんすい、けんすいタイプライター、指けんすいを各10回ずつだ」

「え、どこで？」

そうつぶやいて、キョロキョロと周りを見る高井戸には答えず、練習場へと引き返そうとする岡島を、新井が止める。

「岡島さんはやらねえんですか？」

「俺は、できるんだよ」

岡島は、笑顔でそう言うと、新井たちの横にあったちょっとした足場を使って、建物の梁にぶら下がった。地上からの高さは3メートルほどあるが、岡島は平気な顔だ。そして上腕にぐっと力をこめ、ひじを90度曲げてけんすいを始めた。ひじを曲げるたびに盛り上がる上腕の筋肉に、高井戸が目を見張る。岡島は、何度もけんすいを繰り返しながら話す。

「ほら。これができたら、登れるようになって楽しいから」

そして、つかまっていた梁からピョンと飛び降りると、

「じゃ」

と、片手を上げ、練習場へ戻っていった。キャプテンの身体能力の高さを見せつけられた6人の新入部員たちは、すぐに練習を再開した。横並びで梁にぶら下がってけんすいをする。

「くうぅ……」

「ぐっ……」

1～2回ひじを曲げるだけでも、腕全体に乳酸がたまり、筋肉が小刻みに震える。ゲーマーでインドア派の中道は、ぶら下がったままでいるのが精一杯で、ひじを曲げることすらできない。けんすいをやりながら、みんなに向かってしゃべっていた岡島のすごさを改めて感じながら、6人は次々と梁から落ちていった。

岡島は、ひとり黙々と、さっきと同じ壁にトライしていた。どうしてもつかみたいホールドがあり、ずっと挑戦し続けているが、あと数センチが届かない。今日も、もう何回も落ちている。汗まみれのTシャツを脱ぎ捨て、もう一度トライ。背中から汗が流れる。岡島は、さっきと同じく、狙いを定めたホールドをじっと見た。

「……」

そしてジャンプ！　右手を限界までぐーっと上に伸ばしたが、また届かずに落下してしまった……。岡島はマットの上で大の字になって、ため息をついた。

（ボルダリングは、自分との戦い……）


「あー、疲れた」

練習後、シャワーで汗を流した桃田が気持ちよさそうに髪をふきながら部室に入ってきた。


「あれ、岡島さんは？」

先に部室に戻っていた残りの5人のうち、着替えていた桑本が答える。


「帰った」

「なんだよ。飯でもおごってもらおうと思ったのに」

中道がシャツのボタンを几帳面に留めながら言う。


「意外と孤独好きだよね、岡島さん」

「な、あんな感じなのに」

いつも笑顔で明るい性格に見える岡島が、ひとりで別メニューの練習をしていることを新入部員たちはみんな不思議に思っていた。高井戸が、部室に飾ってある賞状を見ながら、ふいに尋ねた。

「そういえば河口って、岡島さんと一緒にやってたの？」

「まあ中学のころ、大会とかで一緒だったって感じ」

どの賞状にも岡島健太郎の名前があるのを見て、高井戸が感心して言った。

「岡島さんって強いんだな」

いち早く着替え終えた桑本が、リュックを背負った。

「じゃあ俺、もう行くわ」

「あれ、飯でも行かない？」

「俺、ダンスサークル行かなきゃ。じゃ」

桃田の誘いに肩をすくめる。

「俺もゲーセン寄って帰るわ」

中道も、カバンを手にさっさと部室を後にした。

岡島のアツい勧誘もあり、とりあえずボルダリング部に入部はしてみたものの、みんなにはそれぞれやりたいことや好きなことがある。桑本はダンス、中道はゲーム、高井戸は筋トレまたはドラム、新井は屋内の壁登りではなく本当は自然のあるところに行きたいと思っているし、桃田は、そもそもボルダリングを始めた動機が彼女を取り戻すためだ。

みんな、岡島ほどボルダリングに夢中なわけではないし、大学のサークル活動なんてその程度でよいと思っていた。

ある日のこと、部員たちは練習場の前で岡島に目隠しをされ、しばらく待たされた。

「いいぞー」

岡島のかけ声で、目隠しの6人は、はぐれないようにそれぞれの肩につかまって練習場に入ってきた。桑本が尋ねる。

「なんすか、これ?」

「大会の決勝とかになると、競技が開始するまでルートを見せてもらえないんだ」

「え⁉　じゃあそれまで選手はどこにいるんですか?」

「別の部屋に隔離されていて、よーいドンで初めて壁を見る。見ていいぞ」

岡島の言葉に、部員たちは目隠しを外した。

「これだ」

岡島が、特定のホールドにシールを貼って、課題を作っていた。部員たちはシールの貼られたホールドを目で追い、ゴールまでの道筋を確認する。

「強い選手になればなるほど、ルートを見てすぐ登り方がイメージできる。逆にルートをイメージできなければ負けだ。じゃあ中道、このルートをイメージして登ってみ？」

「はい」

中道が壁の前に立った。ゲーマーでパズルが得意な中道は、指ですっとルートを追って確認する。試合前にルートをイメージし登り方を組み立てるオブザベーションの作業だ。

岡島は、中道に最初に会ったとき、初めて見るホールドを美しく配置するのを見て、中道がオブザベーション能力にたけていることを直感した。岡島と部員たちが見守る中、中道はスタートポジションにつくと、一手一手、慎重に登り始めた。

「おっ、いいねー」

少し複雑なルートもちゃんと読みきっているのを見て、岡島が声をかける。しかし、中盤を過ぎたあたりで、中道はホールドから手が滑り、落下してしまった。２番手の桑本が手にチョークをつけながら、中道に言う。

「もっと、手にチョークつけたら？」

「嫌いなんだよね、汚れるの」

中道は冷めた顔で座った。


新入部員たちの地道な基礎練習の日々は続いた。

例えば、手を後ろで縛り、しゃがんだまま階段を上る練習や、逆に両足を縛って腹ばいになり腕の筋力だけで階段を上る練習。どちらも、かなりきついうえに、見られるとちょっと恥ずかしかった。他にも、腕だけでなく指先の力まで鍛えるため、腕立て伏せも指を立てて行った。桃田は、アケミの写真を床に置いて腕立て伏せをした。腕を曲げるたびにアケミの笑顔が顔の前に来る。

「アケミ……アケミィイ……」

ボルダリング野郎から必ずアケミを取り戻す！　その強い想いで回数を重ね練習メニューをどんどんクリアして少しずつ筋力をアップしていった。おかげで始めたばかりのころには落ちてしまっていたコースも、今は完登できるようになった。

筋肉マニアの高井戸は、片腕でけんすいをしながらプロテインミルクを飲んで筋肉を育てた。岡島のように自分の体重を支えられる本物の筋肉がほしかった。

新井は、メガネをずり落としながらもなんとか壁にしがみついて、少しずつ高いホールドをつかめるようになってきていた。

経験者の河口は、基礎練習に加え、壁でムーブの練習をするうちに、どんどん昔の感覚を取り戻していった。1か月足らずの間に、若くて吸収力のある大学生たちは、確実に選手として成長していった。

一方、岡島は今日もあの壁に向き合っていた。自撮りしたクライミングの画像をチェックしてみる。今日も、あと数センチがやっぱり届かなかった。

「……」

岡島は、暗い顔で練習場を後にした。

3 ガンバ！ インカレ個人戦

「個人戦の登録用紙、書いといてくれ」

5月に入ると、岡島は部員たちにインカレの登録用紙を配った。用紙を見て桑本が尋ねる。

「これって出た方がいいんすか？」

「え、出たくないべか？」

新井が不思議そうに桑本を見る。

「いや、どっちでもいいんだけど」

すると、岡島が言った。

「出た方がいいぞ。ボルダリングはあくまで個人競技だ。秋に団体戦もあるが、ボルダリングの醍醐味は自分との戦い、個人戦だ」

「はぁ」

「じゃあ、個人戦であたって砕けるしかないっすね」

高井戸がプロテインミルク片手に言った。

「ああ。ここにいるみんながライバルだ」

「おっしゃー！　俺はボルダリング野郎を倒す！」

桃田は息巻いて拳を突き上げた。もしかしたらアケミを奪った相手が個人戦に出るかもしれない。そのときは、必ず倒してやる。桃田は張りきっておもりをつけた腕の曲げ伸ばしをした。

そんな中、河口はひとり、複雑な表情で登録用紙を見つめていた。

「……」

その日の帰り道、岡島はとあるボルダリングジムに立ちよった。入口のガラス戸から中を覗くと、ふたりの男性が汗を流しているところだ。壁の中央あたりまで登っている太った男に、下からニット帽をかぶった男がアドバイスをしている。

「もうちょっと右」

「うん、わかってるわかってる。けど、体が……」

どうやら、体が思うように動かないらしい。岡島はふたりを見つけると、笑顔で中に入っていった。

「先輩！」

その声に、ふたりの男が振り返った。取手坂大学ボルダリング部のOB、太めの方が八木、ニット帽が田原だ。

「おお、岡島！」

八木が壁にしがみついたまま嬉しそうに歯を見せて笑った。下にいた田原が岡島に駆けよる。

「久しぶりだな。なに、偶然？」

「いやぁ、いるんじゃないかなって気はしてました」

「なんでだよ？」

「社会人になって、ストレス発散で来ているんじゃないかと」

「その通り。社会人は大変だよ」

「そうだよ。大変すぎて俺なんてこんなに太っちゃったよ」

八木がマットに降りてきて言った。

「はぁ」

岡島は八木の体形の変化に思わず苦笑いを浮かべた。八木が続ける。

「で、どうよ、ケガは？」

「はい。もう完全に治りました」

岡島は力強く言った。そして自分に言い聞かせるように付け加えた。

「……むしろ、前よりいいです！」

「ほんとかよ」

「それで、今度の日曜日、最後の個人戦なんで、よかったら応援に来てくださいよ」

「おぉ、もう個人戦の時期か。行くよ行くよ！」

「もちろん！」

八木と田原は、懐かしそうに目を細めた。

5月21日の日曜日、試合当日の朝がやってきた。

会場では全国の大学から集まった選手たちが、ウォーミングアップ中だ。中央の壁の上には、『日本学生スポーツクライミング　個人選手権大会』という看板が高らかにかかげられている。

岡島たち、取手坂大学のボルダリング部も会場の一角で、試合に向けウォーミングアップをしていた。そこへ、オレンジのおそろいのTシャツを着た選手たちが入ってきた。『昇竜大学ボルダリング部』、スポーツクライミングの強豪校だ。選手たちを見て、桑本が横にいた中道にささやく。

「強そうだなぁ」

「去年の優勝選手もあの大学らしいよ」

すると、選手たちを率いていた黒いポロシャツのコーチが、河口を見て思わず立ち止まった。

「河口……」

「……」

河口は、コーチの顔を見ると、しばし絶句したが、やがて小さくえしゃくを返した。

「河口？」

「河口ってあの河口？」

昇竜大学の生徒たちがひそひそと話している。その中のひとり、マッシュルームカットの轟木が、去り際にさげすむような目で河口を見た。

「やめたんじゃなかったのか」

河口は、彼らに背を向け、無言でストレッチを続けた。

「……」

昇竜の選手たちが行ってしまうと、河口は小さなため息をもらした。

試合開始時刻になり、競技用の壁の前に選手たちが集められた。

目の前の大きな壁にはそれぞれ白、緑、赤、黒のホールドがついた4種類の課題コースが並んでいる。

「それでは、ルールを説明します」

審判員が話し始めると、会場の空気が急にピリッとした。50名以上いる参加選手の緊張が伝わってくるようだ。

「制限時間60分の間に4課題登ってください。登る順番は自由です。ひとつの課題につき、トライは5回までです。まず、課題の完登数が多い選手が決勝進出。完登数が並んだ場合は、トライ数の少ない選手から勝ち抜けです」

これは『コンテスト方式』と呼ばれ、選手たちがそれぞれのペースで課題をクリアしていくため、順位が激しく入れ替わるのが特徴だ。


予選開始のブザーが鳴る。

試合が始まると、各校の選手が次々と課題を登り始めた。

「ガンバ！」

「ガンバ！」

場内のあちこちから、声援が飛ぶ。

黒いホールドの課題にチャレンジしていた高井戸は、難所のひとつ、大きなホールドを両手でつかんだ。深く指をかけるところのないホールドに必死でしがみつくが、体重を支えきれず落下してしまった。

桑本は、白いホールドからのスタート。手にまんべんなくチョークをつけ、スタートにあるガバにしっかりと両手の指をかけ体を支えた。そして、右手を目いっぱい伸ばし上方のホールドをつかむ。そこから体勢を整えジャンプしたが、次のホールドにはまるで届かず、落ちてしまった。

「クッソー！」

「どうせ登れないなら、せめてきれいに使おうぜ」

隣のコースでチョークの粉をふいていた昇竜大学の轟木が、落ちた桑本を見て嫌味っぽく言った。

「……」

悔しかったが、返す言葉がなかった。

中道は緑のホールドのコースをしっかりとオブザベーションしてから登り始めた。しかし、スタート直後にホールドをつかんでいた細い腕が体を支えきれず落下してしまった。中道は、計算をするように指を動かしながら、もう一度コースを読み直した。中道よりひと回り大きな昇竜大学の選手が、隣の課題を完登し飛び降りてくるなり、中道を見て言った。

「ルートわかっても一生登れないぞ。その体力じゃ」

「……」

中道は目の前の壁をぼう然と見つめた。

みんな、1か月前までボルダリングなどやったこともない初心者ばかり。大会で、通用する実力がないのは当然のことかもしれないが、それでもこのひと月頑張ってきたことを思うと、正直、悔しかった。

一方、岡島とボルダリング経験者の河口は、着々と課題をクリアしていった。ひとつひとつのホールドを確かめるように登っていく河口を、昇竜大学のコーチ、大島が厳しい目で見つめていた。岡島も、慎重に息を整えながら丁寧に課題をクリアしていく。応援に来ていた八木と田原が、ふたりのクライミングを観客席から見守る。

「岡島と河口は予選通過できそうだな」

「ああ。でもふたりともノーミスなわけじゃないから、決勝は気を引き締めないと」

田原の言葉に、八木がうなずいた。

制限時間の60分が終わり、決勝進出の6名が発表された。昇竜大学の選手が2名、他大学が2名、それに岡島と河口だ。

「それでは、決勝進出者の方はアイソレーションゾーンに入ってください」

場内にアナウンスが流れ、岡島たち進出者は細い階段を上って小部屋へと入っていった。

見送った桃田が隣の高井戸にささやく。

「これがうわさの隔離」

「ああ。ほんとに厳重なんだな」

アイソレーションゾーンに選手が隔離されると、会場では予選のホールドが取り外され、決勝用の課題の取りつけ作業がすぐに始まった。中央にベンチが置かれたアイソレーションゾーンでは、決勝進出を決めた6名の選手たちが、ストレッチをしたり深呼吸をしたりと、それぞれの方法で集中を高めている。

会場の準備が整うと、いよいよ決勝戦がスタートした。決勝戦は、ひとりずつ名前を呼ばれた選手が会場に行き、課題を見て、オブザベーションをしてから登り始める。身体能力だけでなく、限られた時間の中で即座に課題に対応し、さらに失敗した場合には修正する能力も求められる。

ひとり目の選手のトライが始まった。

「ガンバ！」

「ガンバ！」

選手を応援する声がアイソレーションゾーンにも届く。

コースは、かなり離れた距離にホールドが配置された難易度の高いコース。ゴール地点にあるトップ・ホールドは、傾斜の関係で壁の近くに立つと確認できない。

昇竜大学の選手のひとりが、見事なムーブを見せ、ボーナス・ホールド*注というポイントのつくホールドをつかんだ。

「いいぞ！」

「ガンバ！」

会場の応援にも熱が入る。そこからさらに慎重に的確な動きで、かろうじて見える場所に配置されたトップ・ホールドを両手でつかんだ。完登だ！

「よっしゃー！」

マットに飛び降りると、選手は雄叫びをあげた。クライミングを見守っていたチームメイトが拍手で迎える。

「よーし！」

「やったな！」

完登した選手は、仲間とハイタッチをして喜びを分かち合った。

「22番、河口選手、出番です」

注：２０１８年～ＩＦＳＣ（国際スポーツクライミング連盟）のルール改正により、「ボーナス」が「ゾーン」に名称変更。

アイソレーションゾーンで、岡島の横に座っていた河口の名前が呼ばれた。河口は、息を吐いて立ち上がると岡島を見た。

「岡島さん、行ってきます」

「おう、ガンバ」

岡島は静かに見送った。

会場に着くと、仲間たちが立ち上がって河口を出迎えた。

「河口、ガンバ！」

高井戸が手を叩くと、桑本、桃田、新井、中道も続いた。

「ガンバ！　ガンバ！」

河口の目の前に、オレンジ色のホールドがついた壁が立ちはだかった。河口は、チョーク入れを持ったまましばらくじっと壁と向き合ってから、チョークを手につけスタートの大きなホールドに両手をかけ、踏みしめるようにしっかりと足場に足を置いた。グイッ、グイッと、上腕の筋肉に力をこめながら、一手、二手……決して簡単ではないルートを、いいペースで登っていく。

「よーし、いい感じだ」

「ああ」

観客席の八木と田原も河口を見守っていた。

ところが、中盤に差しかかったとき、会場の小さなざわめきが耳に入ってくると、河口はホールドにつかまったまま身動きが取れなくなってしまった。

頭の中に、人々の声がこだましてきた。

「追放？」

「正々堂々、戦えよ」

「不正疑惑？」

「カンニング」

「ズルしたんだって」

「あの子、まだやってたんだ」

会場のありとあらゆる音が、ひそひそ声の誹謗中傷となって河口に襲いかかる。

ホールドにしがみついたたくましい背中が、小刻みに震える。心配そうに見守る観客の視線も、今の河口には軽蔑のまなざしとして背中に刺さる。

河口は、頭の中で響く声をかき消すように、距離のあるボーナス・ホールドめがけて飛び上がった。しかし、あと一歩のところでホールドをつかみ損ね、マットに落下してしまった。

チョークをつけ直し、再度トライするが、そこからは何度トライしてもゴールまで登ることはできないまま、時間切れになってしまった。

「……」

河口は無言でチョーク入れを持ち、仲間たちのもとに戻った。

観客席の八木が残念そうに言う。

「あーあ、最初はよかったのに急に集中途切れちゃったな」

「まあ、まだ若いから」

田原もため息をついた。八木が気を取り直して言う。

「よーし、次は岡島ですよ」

「優勝するには、トライは3回までか」

田原は現在トップの昇竜の選手のトライ数を確認した。

「岡島、ガンバー！」

八木がアイソレーションゾーンに向かって大きな声で言った。それに続くように、部員たちも次々に声援を送った。

「岡島さん、ガンバ！　ガンバ！」


「25番、岡島選手、出番です」

「はい……」

名前を呼ばれた岡島がアイソレーションゾーンから出てきた。試合会場への階段を下りる最後の選手に「ガンバ！　ガンバ！」と会場中が声援と拍手を送る。大学4年生の岡島にとっては、これが最後のインカレ個人戦だ。

岡島は、マットにゆっくりと上がると、オレンジ色のホールドが配置された壁を見上げた。さまざまな角度からオブザベーションをする。中盤の一手、オーバーハングの難所は、ボーナス・ホールドまでかなりの距離がある。河口もここで落下した。

オブザベーションを終えた岡島が、スタートポジションについた。息を整え、一手一手、着実にホールドを登っていく。そして、ボーナス・ホールド手前、岡島は弾みをつけて飛び上がると右手を伸ばした。しかし、1回目のトライは落下。

「あぁ」

八木と田原がため息をつく。

岡島はすぐにチョークをつけ直し、2回目のトライ。

「岡島さん、ガンバ！」

「ガンバ！　ガンバ！」

6人の後輩たちが懸命に声援を送りながら壁に立ち向かう岡島を見守る。会場中の視線が、岡島のクライミングに集中する。岡島は無我夢中で一手一手登っていき、1度目に失敗した難所まですぐにたどり着いた。しかし、2度目のトライでも、岡島は、同じムーブを使い、同じミスをしてしまった。見ていた河口が、違和感をおぼえる。

「岡島さん……？」

客席の八木と田原ももどかしそうに言う。

「なんであのジャンプ変えないんだよ。両手でいってみろよ！」

「確かに右手だけでいった方が、左手の負担は少ないし、その次のホールドは取りやすい。けど、まず目の前のホールドをつかめよ！」

「もうミスできないんだぞ、岡島……」

次が3度目のトライ、昇竜の選手を越え優勝するにはこれがラストチャンスだ。

岡島は、難所の手前で動きを止めた。壁にしがみついたまま、距離感を確かめるように自分の手と次のホールドを交互に見た。そして、体を大きく上下に揺らし、弾みをつけて思いきりジャンプ！　また右手だけでホールドをつかもうとしたが、指の先がホールドに引っかかった瞬間に滑り、マットに叩きつけられるように落下した。

「ハァハァ……」

そのとき、ちょうど時間切れのホイッスルが鳴った。会場からのまばらな拍手に、岡島は立ち上がれないまま壁を見つめていた。

試合終了後、取手坂大学の選手たちは、ふがいない結果に、みんな口数も少なく帰り支度をしていた。少し離れたところで、黙々と荷物をまとめていた河口のところに、昇竜大学のコーチ、大島がやってきた。

「中途半端な気持ちで復帰したなら、俺が許さないぞ」

「……そんなことありませんよ」

「じゃあ、なぜ落ちた？」

ストレートな問いに、河口は思わず大島を鋭い目で見返した。

「実力不足ですよ」

「……お前はよくわかってるだろ。俺の目は、ごまかせないぞ」

そう言い残し、大島は立ち去った。

「……」

河口は暗い顔でその背中から目をそらした。

大学に戻ったときには、日はとっぷりと暮れていた。ボルダリング部一同は、学食でお疲れ会をすることにした。

「お疲れさまでした」

プロテインミルクを手に岡島が音頭を取ると、みんなが立ち上がった。

「お疲れさまでした」

「乾杯」

「乾杯」

結果が結果なので、わびしい乾杯だったが、それでも1年生の新入部員にとっては初めての大会だ。岡島は、結果に関係なく選手たちをきちんと労ってあげたかった。

「いやぁ、もう、全然登れなかったわ……」

桃田の言葉にみんなが小さく相づちを打つ。

「うん」

「そうだね」

それぞれが大会の感想をぽつりぽつりと口にする程度で、お疲れ会はあまり盛り上がらなかった。そんな中、乾杯の後からずっと黙り込んでいた岡島が、決意したように立ち上がった。

「みんな、聞いてくれ……俺は今日の個人戦をもって、引退する」

「え⁉」

部員たち6人は、驚きと戸惑いに包まれた。中道が探るように尋ねる。

「団体戦は、出ないんですか？」

「ああ。団体戦の登録メンバーは6人だ。お前たちで出ろ」

「……いいんですか」

河口が口を開いた。

「なにが？」

河口は、少し言いにくそうに間を取りながら言った。

「その……負けたまんま……辞めて」

岡島は、淋しそうに遠くを見ると、大きく息をついて座った。

「ああ。勝っても負けても個人戦で辞めて、就活しようって決めてたからな」

「そっか。就活っすよね……」

高井戸は、それ以上言葉が見つからなかった。

「……」

他のみんなも口をつぐんだ。ボルダリングに青春のすべてをかけてきた岡島が、最後の試合で負けて、引退する。ボルダリングを始めて間もない部員たちにも、そのやるせなさが伝わってきた。学食は、しんと静まり返った。

「ごめんごめん！　なんか暗くなっちゃって」

岡島がわざと明るい声で言う。

「けど、もちろんこれからもサポートしていくし、練習にも顔を出すし。そこは最後までちゃんと面倒見る」

6人は、岡島の気持ちに小さくうなずいて答えた。岡島はみんなを元気づけるように続けた。

「次のキャプテンは、新井ね！」

「えっ!?　わぁですか!?」

新井は驚いて大声を出した。桑本が岡島に尋ねる。

「なんで？」

「入った順」

岡島の意外な答えに、一同は苦笑した。

「……」

帰り道、岡島と河口はみんなから少し離れてゆっくりと歩いていた。ふたりとも、今日の試合のことを考えているのか、足取りは重い。

「……」

河口が、岡島の方をチラッと見た。

「あの、今日の決勝……」

「……言いたいことはわかってる。先輩たちにも言われた。なんで両手でいかなかったんだって」

「はい」

「ケガする前だったら、あれは絶対右手だけでいけてたんだ……」

「……」

岡島は、コースを思い出すように夜空を見上げた。

「あそこを両手でいくっていう選択肢はなかったよ。両手でいって、それでもしつかめたとしても、昔の自分に負けてる気がするだろ」

「……そうですか」

「ま、結果このザマじゃ、どっちみちカッコ悪いんだけどね」

「……」

河口は、かける言葉が見つからなかった。

そのとき、少し前を歩いていた新井が立ち止まり、しんみりと歩く部員たちに向かっていきなり叫んだ。

「人生で乗り越えられない壁は目の前さ現れない」

「は？」

前を歩いていた桑本と中道が振り返る。

「壁さ現れたからには、もうちょっと頑張ってみるべきだと思うんだ」

「うるせえな。誰も辞めるなんて言ってねーし」

桑本が呆れて笑った。いつもは冷めている中道も少しだけ笑顔になる。

「なに急にキャプテンぶってるんだよ。ボルダリングで人生語るの、岡島さんだけにしてよ」

高井戸も新井の肩をポンと叩いて追い抜いていった。岡島と河口も、苦笑して新井の横を過ぎる。

「みんな、待ってよ！」

新井は、暗い夜道をみんなの後を追って走り出した。

4 新たな気持ちで

「よしっ、今日から団体戦に向けて改めて練習開始だ！」

練習場に集まった部員たちの前で、新キャプテンに任命された新井が張りきって言った。

新井は、クライミング中にずり落ちてしまうメガネをコンタクトに変え、さらに東京生活に慣れたせいかキャプテンになって気合が入っているせいか、とにかく独特のなまりも抜け、すっかりあか抜けた感じになった。

さっそくホールドに手をかける新井に、中道が言った。

「あのさ、この前の個人戦を見て、このままがむしゃらに練習しても昇竜大学には追いつけないって思ったんだ」

「なんだよ、モチベーション上がってるのになんてこと言うんだ」

新井はムッとしてため息をついたが、河口は中道の意見に同意した。

「いや、それは俺も思った。差がありすぎる」

「それは俺も感じたなぁ」

桑本も、うなずく。

「いや、だから一生懸命練習すれば……」

アツくなる新井をさえぎるように、中道は冷静に続けた。

「みんな、それぞれ得意なものを伸ばしていった方がいいと思う」

「え、どういうこと？」

すると、そこへ就活の合間をぬって練習を見にきた岡島が割って入った。

「なるほど。団体戦はひとり1課題しか登らない。パワー系、スラブ系、特殊系、いろいろな壁が出てくる。だから、それぞれが得意な壁を確実に登れるようにした方がいい、ってことか」

「はい」

「けど、自分が得意な壁ってなんだ？」

今度は高井戸が言った。

「俺もわかんない」

「俺も」

桑本と桃田も続く。すると、岡島が腕組みをしてみんなを見た。

「ボルダリングは人生と同じ」

「おっ！」

新入生勧誘ビデオで聞いたセリフと同じ言葉に、新井が嬉しそうな声をあげる。

「だから、お前らがふだん好きなことに、得意な壁のヒントがあると思うんだ」

そう言われて、６人はそれぞれ自分の好きなことを思い浮かべた。

「俺、ダンス好きだわ」

「俺、ゲーム」

「俺はドラムだ」

「そういうことだよな」

「そういうのをクライミングにいかすってことか」

桑本、中道、高井戸の答えを聞いて、桃田と新井が考える。6人は、壁を見上げながら話し合いを始めた。会話からすっかり置いていかれた岡島が河口を呼ぶ。

「河口」

「あっ、はい」

「俺、就活で、髪の色戻したんだ」

岡島は、ニッと笑った。そういえば、いつもと雰囲気が違うのは、金髪から真っ黒な髪に変わっていたからだった。でも、そのことを全員がスルーしたので、岡島は少し寂しくなって、ついに自分から言ってしまった。

「ああ、はい」

河口は適当に相づちを打つと、すぐに仲間のもとへ戻った。

「ははっ……」

岡島は薄ら笑いを浮かべ、遠い目でその場をやりすごした。

岡島のアドバイスを受け、まず6人はお互いの得意分野を知ることにした。

手始めに一同はゲームセンターに来ていた。中道が得意のパズルゲームの腕前を披露する。画面の上から落ちてくるブロックを、素早い操作で次々と正確に配置していく。まさに神業だ。

「おおー、すげー!!」

みんなは歓声をあげたが、中道は顔色ひとつ変えずにゲームに集中している。

「どんだけ金つぎ込んでんだよ?」

かぶりつきで画面を見ていた桑本が思わず尋ねた。

「コイツらは俺の生きがい。逆に他のことに金使うのもったいないわ」

中道にとってゲーム機は、「コイツら」と呼ぶほど近しい存在なのだ。さっそく、みんなは並んで同じゲームにチャレンジしてみた。中道が、コーチとなってひとりひとりの席を回りながらアドバイスする。

「違うって。もっと先のことまでイメージして」

ちょっとした言葉で、少しうまくできるようになる。

「そこも、目の前のことだけを見ない。常に次の一手を考える。ちなみに俺は5、6手先まで考えてるけどね」

中道が得意げに言った。このパズルゲームへの情熱が、中道のオブザベーションにはいかされていた。いつも、中道がコースを読むときに指を動かすのは、ホールドをパズルゲームのブロックに見立てて、頭の中で数手先を読んでいるからだ。みんなは、中道からオブザベーションのコツを学ぼうと決めた。

翌日、今度は桑本のダンスを見学した。大学の建物のガラスをミラー代わりにして、桑本が軽快なステップを踏む。ちょうど様子を見にきていた岡島が、なにやら手をかざしている。

「岡島さん、なにやってるんですか？」

新井の問いに、岡島はかざした手を上下に動かした。

「こうして、上半身と下半身をそれぞれ見てみろ」

「あっ……」

岡島の手で桑本の体が半分隠れ、しなやかに動く上半身だけが見えた。手をずらすと、今度は激しいステップを踏む下半身が見えた。

「別の生き物に見えるだろ」

すると、桑本が踊りながら答えた。

「これは白鳥のイメージ。水の中では必死に足をバタつかせても、水辺からは優雅に見える」

そう言って、手をひらひらさせる。

「よし！　じゃあまずは簡単な動きから。俺についてきて！　右、左、右、左……」

桑本は楽しそうにリズムをとって踊り始めた。

「それ、簡単か？」

「簡単じゃないだろ〜」

などと、口々に言いながら、みんなも見よう見まねで動き始めた。リズム感のない岡島や桃田を尻目に、新井がクイックイッと腰を左右に振ってキレキレの動きを披露した。

「いいねー、新井！」

「お前、めっちゃうまいな！」

みんなの顔に、笑顔がはじけた。

次はみんなでおそば屋さんを訪問した。

「なに？　ここがお前のバイト先？」

老舗のそば屋の店内を見回して岡島が桃田に尋ねた。

「はい。男はやっぱりそばかなって」

桃田は、さっそく和風の制服に着替えると、10枚ほど重ねたせいろのタワーがふたつのった盆を肩で持ち上げてみせた。

「いいか。コツは、体全体を使って持つこと」

桃田はひざのバネをうまく使ってバランスを保ち、せいろタワーをのせて歩き始めた。

「おおおー」

一同から思わず声があがる。

「お待たせしましたー」

桃田が威勢よくせいろを運ぶと、お客さんからも拍手と歓声がわいた。

6人は、ダンスで培ったしなやかな肉体を持つ桑本と、おそば屋さんのバイトで鍛えた桃田のバランス感覚をいかしたクライミングを見ながら、ムーブのコツを学んだ。さらに、数手先まで読める中道が、桑本と桃田に指示を出すといった具合に協力して壁を登った。これまでひとりずつ壁に向き合っていたが、みんなで声をかけ合いながら練習をするようになっていた。そうしていつの間にか、登れなかった課題を完登できるようになっていた。チーム全体のレベルが上がったことを、全員が肌で感じていた。

ある日、新井が得意なことをシェアしたいとみんなを部室に集めると、ホワイトボードにサルの絵を描いて、解説を始めた。

「サルやオランウータンは、なんでずっと木にぶら下がり続けることができるか。それは、余計な筋肉を使ってないからなんだ。指先で引っかけて、なるべく伸ばして力を抜く。それが持続のコツ」

そう言うと、新井はホワイトボードに指を引っかけて力を抜いた。

「ていうか、なんでお前、サルに詳しいの？」

桃田が不思議そうに首をひねる。

「うちの実家の山によく出てたからな」

「……？」

桃田は後ろに座る中道に小声で尋ねた。

「アイツ、実家どこだ？」

「さあ……」

「ていうか、なまり取れたよな」

「ああ。そしてコンタクトにしたよな」

「あっ……ほんとだ」

新井がメガネを外した数週間後に、ようやくその事実に気づく桃田であった。

最後は、高井戸の特技、ドラムについて学ぶため、みんなは大学の音楽スタジオに集まった。黒のタンクトップから、最近ますますたくましくなった腕を見せている高井戸が、ドラムの前に座り、スティックを握る。

「できるだけ力まず、手足を使うんだ。やわらかく、しなやかに」

そう言うと、高井戸はドラムを叩き始めた。手首のスナップでしなやかに動くスティック、力強い音がスタジオ全体に響く。見ていた5人が思わず拍手をした。

「おおお、かっけー！」

桑本が興奮して言った。高井戸が答える。

「まあ一応、プロ目指してたからね」

「え、なんでやめたの？」

「それはよくある音楽性の違いっていうか……単純に俺が人と合わせられなくてさ。あ、ねえ、やってみて」

高井戸は桑本にスティックを渡した。桑本はドラムの前に座ると、高井戸がやったように太鼓やシンバルを叩いてみたが、力任せに叩いているだけでリズムもなく音もいまいち響かない。

「いや、そんなすぐできないってー」

桑本は苦笑いした。

新井と高井戸から学んだ腕の使い方を取り入れながら、みんなはさらに練習にはげんだ。就活の合間に、岡島も顔を出してくれた。ときに笑いながら、ときに真剣に、みんなでボルダリングのことをたくさん話して、たくさん考える。個人戦まではバラバラだったボルダリング部が、どんどんひとつになっていく。目の前にそそり立つ壁、そして複雑に配置されたホールド、それをアドバイスし合いながら乗り越える達成感。なんとなく始めたはずなのに、夏が来るころには、みんなボルダリングに夢中になっていた。

個人戦からあっという間にときが過ぎ、いよいよ秋の団体戦が近づいてきていた。そんなある日、これまで6人の練習を見守ってきた岡島が部員たちを部室に集めた。

「桃田と桑本はバランス感覚が優れている。お前らは傾斜のゆるいスラブ系だ」

「はい」

「新井と高井戸はパワーがある。お前らはオーバーハング系だ」

「はい」

「中道、お前はなんといってもコースを読み解く頭脳。特殊系だ」

「はい」

「そして、河口。お前はこれのどれが来ても登れるようにすること」

「はい」

「ていうか岡島さん、いつになったら山に連れていってくれるんですか？」

「うん？」

「勧誘するときに、実際の山で練習するって言ってたじゃないですか」

「ああっ、山っていうか、岩な」

「最後の追い込みで山行きましょう！」

「いいね！」

新井の提案に、桃田がすかさず答える。

「行こう、行こう！」

桑本もノリノリだ。他のみんなも笑顔でうなずく。

数か月前は、個人戦でボロボロだったけど、今の俺たちなら、ひょっとして団体戦優勝だってできるかもしれない。そんな期待に胸をふくらませて、みんなは合宿に向けて準備を始めた。

5 波乱の秋合宿

「あーあ、こんなにいい自然なのに、結局岡島さん来れないのか」

奥多摩の細い山道を、マットを背負って歩きながら新井が残念そうに言った。後ろを歩いていた中道と桑本が続く。

「まあ、ふつう就活だよな」

「うん。引退したのに俺たちの練習に付き合ってくれるだけ、ありがたいよ」

すると、道が突然開けて、目の前に渓流が現れた。陽の光を浴びてキラキラと流れる水を見て、新井が思わず走り出す。

「うわぁー、いい川だなー」

「わー、きれいじゃーん！」

桑本も、他のみんなもはしゃいで川へと駆けおりる。空気は澄みわたり、水は冷たくて気持ちいい。岩に激しくぶつかりながら流れていく川の音が、東京暮らしの学生たちの耳に心地よく響く。

6人は、河原に荷物を置くと、岡島から事前に聞いていたポイントで、クライミングに適した大きな岩を見つけた。その下にマットを敷きつめると、滑り止め用のチョークを岩に塗って、さっそく練習を始める。河口以外は、みんな初めてのフリークライミングだ。声をかけながら、順番に登っていく。バランス感覚のいい桑本が、岩の浅い凹みに指をかけて体を持ち上げた。

「よし、ナイス！」

「ガンバ！」

高井戸と新井が桑本の体を支えるように下から手を添え、声援を送る。そこへ、数人の青年が、同じくマットを背負ってやってきた。見たことのあるオレンジ色のTシャツ、昇竜大学のボルダリング部だ。

「なんだ、君たちも一緒か」

声をかけてきたのは、マッシュルームカットの轟木だ。個人戦での屈辱が、取手坂大学の6人の胸によみがえってくる。桃田が慇懃無礼に返事をする。

「おう、昇竜大学の方々」

「岩場で騒がないでよ」

轟木はとげのある感じで言った。

「なんだよ、ヤな感じだな」

すると、別の学生が少し礼儀正しく話しかけてきた。5月の個人戦の優勝者だ。

「団体戦に出るんですか?」

「ああ、もちろん」

今度は高井戸が答えた。次にその学生は、高井戸の横にいた河口の方を見た。

「河口君、個人戦では声かけられなかったけど、中学のときジムで一緒だった桜庭です。憶えてますか?」

「おお……」

河口は小さくうなずいたが、すぐに目をそらした。代わりに桃田がつぶやく。

「桜庭？」

どこかで聞いたような名前だ。

「桜庭……桜庭……」

桃田が考えている間、桜庭は背を向けている河口に話し続けた。

「大島先生が教えてくれるまで気がつかなかったな。まさか復帰しているとは思わなかったから……」

含みのある言い方に、河口は振り返り、腕組みをしたまま桜庭の前に出た。

「なんだよ。言いたいことがあるなら言えよ」

「……もうズルすんなよ」

「……チッ」

河口は桜庭を見据え、小さく舌打ちをした。

「いつまでも昔のことを……しつけーぞ、桜庭！」

河口が大声でキレたのとほぼ同時に、桃田もなにかを思い出したように桜庭の方を振り返った。

「桜庭ってお前、アケミのボルダリング野郎じゃねえか！」

桃田が桜庭の胸ぐらをつかむ。

「お前もボルダリング野郎じゃねーか！」

「なんだと、コラ！」

ヒートアップするふたりの間に、轟木が割って入る。

「やめとけって」

「さがれよ！」

今度は河口が加勢し、ふたつの大学の部員たちが入り乱れてのもみ合いになってしまった。

「やめろよ！」

「さがれよ！」

「関係ねーだろ！」

美しい自然には似つかわしくない青年たちの怒声が岩場に響く。ちょうどロッククライミング中だった桑本が、岩にぶら下がったまま心配そうにみんなを振り返った。そして、その拍子にバランスを崩し、岩から落下してしまった！

「うわーっ」

誰もフォローしていなかったので、桑本は、マットから外れたところに落ちてゴツゴツした岩に左腕を強打した。

「痛っ」

桑本の悲鳴に、みんなは一瞬、静まり返った。

「……桑本！　大丈夫か！」

「おい、桑本！」

高井戸と新井が駆けよる。だが、桑本は、左腕を押さえたまま苦痛に顔をゆがめ、小さなうめき声をあげることしかできない。

「うっ」

河口は、苦しむ友人の姿を見て、ぼう然と立ちつくした……。

結局、両校とも合宿は中止になり、桑本はすぐに奥多摩にある病院で応急処置を受けた。

左腕にギプスをした桑本が処置室からロビーに出てきて、仲間たちの近くの椅子にがっくりと座り込んだ。そこへ、岡島がリクルートスーツのまま真っ青な顔をして駆けつけた。ケガをした桑本の左腕を見て、言葉を失う。

「……」

「すみません。俺がきっかけで……」

桑本の横に座っていた桃田が重たい沈黙をやぶった。

「俺たちが止められなかったのも悪いんです」

高井戸も続く。岡島は大きなため息をついた。

「……なにやってんだよ、お前ら。来年はお前らだけでやっていくんだぞ。なあ、どうすんだよ……」

岡島は、やるせない気持ちになった。5月の個人戦が終わってから、新キャプテンのもと、ここまでボルダリング部はいい雰囲気で来ていた。これで安心して卒業できると思っていたのに……。

そこへ、昇竜大学のメンバーを引きつれ、コーチの大島がやってきた。岡島は、大島を見るとすぐに姿勢を正し、頭を下げた。

「すみませんでした」

「話は、大体、桜庭から聞きました。こちらにも失礼があったみたいで、申し訳なかった」

大島も同じように頭を下げる。続いて、桜庭も「すみませんでした」と謝罪した。大島は、桑本のギプスを見て心配そうに言った。

「君、ケガは大丈夫？」

「はい。大会までにはなんとか」

「見せて」

大島がケガをしたひじのあたりに軽く触れると、桑本は顔をしかめた。

「痛っ……」

「え、これで痛いのか？」

「はい……」

「これは……出ちゃダメだよ」

大島の表情が険しくなった。

「え……そんな……」

ショックでがく然とする桑本を見て、桃田がつぶやく。

「本人が出たいなら自由だろ」

その言葉を聞いた大島が厳しい顔で桃田に詰めよった。

「こんなケガ人に出られたら、いち指導者としてはたまったもんじゃないんだよ」

「……」

その強い語気に桃田は返す言葉がなくうつむいた。大島が今度は河口の方に歩いていく。

「お前がどういう気持ちで登っているかわからないが、本当に心を入れ替えてボルダリングと向き合っているのなら、こういうことは起こらないと思うんだ」

「……」

「真剣に競技に向き合っている選手たちの足を引っ張るのだけは、許さないからな」

静かな、しかし重みのある声でそう言うと、大島は昇竜大学の選手たちを連れ、その場を後にした。

「……」

河口は、うつむいたまま黙っていた。

「なんだよ、アイツ」

新井は苛立った感じで椅子に座り直した。中道が河口に尋ねる。

「なんの話、今の……？」

「俺がいたら、みんなに迷惑がかかる……」

「どうして？」

「……ごめん。俺、もう辞めるわ」

河口は押し殺したような声でそう言うと、荷物を手に取った。

「いやいや、待てよ。どうした？」

行こうとする河口を岡島が止める。すると、河口は少し驚いたような顔を見せた。

「岡島さんは、ほんとに憶えてないんですか。俺のこと……」

「……？」

「ジュニア選手権大会のことです」

河口は、ぽつりぽつりと、少年時代に自分が犯してしまった罪を話し始めた。

それは10年ほど前のジュニア選手権大会でのことだ。

小学生だった河口は、予選を勝ち抜き、決勝を翌日にひかえていた。

「ちゃんと家でもアイシングして明日にそなえろよ」

当時、ジュニアのコーチだった大島は、将来有望な河口に目をかけていた。

予選終了後の帰り際、河口がトイレに立ちよったときのことだった。かばんから手を拭くタオルを出そうとした時、偶然テーピング用のテープが落ちて、『関係者以外立ち入り禁止』の札の先に転がっていった。

その札を越えてテープを拾った河口が顔を上げると、近くの会議室のドアが少しだけ開いていた。河口はなぜか吸いよせられるように、そのドアの中へと入っていった。

「……」

夕暮れの会議室、テーブルの上には見たことのないホールドが並んでいた。そして、ホワイトボードには『ボルダリング種目　決勝』の文字があった。

「……」

河口は、無意識のうちにボードに手を伸ばし、裏返していた。そこには、ルートが描かれていた。ホールドの絵の横には、『カチ』『スローパー』など、それぞれの種類も書いてある。登ったばかりの予選のルートではないことは、すぐにわかった。

「ここがカチ、ここがスローパー……」

ブツブツとつぶやきながら、ルートとテーブルに置かれたオレンジ色のホールドとを見比べた。そして、指の感触を確かめるように、凹凸の浅いホールドに触れた。

「……」

河口は、気がつくと、リュックからメモを取り出し、目の前のルートを必死で書き写していた。罪悪感より、勝ちたい気持ちが止められなかった。

出口まで戻ると、河口を待っていた大島がベンチから立ち上がった。

「ずいぶん遅かったなぁ。大丈夫か？」

「……」

河口は、大島の目を見ることができなかった……。

そして、翌日の決勝戦、アイソレーションゾーンから出てきた河口の目の前の壁には、前日に書き写したのとまったく同じルートがあった。

「……」

河口はすぐにスタートポジションにつくと、スイスイとホールドをつかみ登っていった。観客席で見ていた大島が目を見開く。

「!?」

ずっと指導してきた大島は、その登り方にすぐに違和感を抱いた。河口は、最大の難所に差しかかった。視線の先には、前日に感触を確かめたあの難しい形のホールドがあり、「ボーナス」と書かれたテープが貼られていた。河口は、ジャンプして右手をうまくボーナス・ホールドにかけた。

「おーっ！」

会場からは歓声があがった。しかし、大島だけは無言で河口の背中を見つめていた……。

そのまま河口は、見事トップ・ホールドを両手でつかみノーミスで完登した。

ボルダリングにおいて、コースを事前に知っていることほど有利なことはない。ホールドの形も距離感も、すべてが前日からのイメージ通りだった。

「……」

会場が拍手と歓声に包まれる中、大島だけが、教え子の雄姿をぼう然と見つめていた。

試合後、大島は河口のリュックからルートが書き写されたメモを見つけて、問いただした。

「こんなもん見て、勝って嬉しいのか？」

「……」

「なんとか言ってみろ。なんとか言ってみろよ」

静かだが、その声は目の前の小さな卑怯者への怒りに満ちていた。

「……」

河口はひと言も返す言葉のないまま、ただ立ちつくしていた。

結局、大島が大会側に不正を報告し、河口は失格となった。その大会で、河口が失格になったことで繰り上げで3位に入賞したのが岡島だ。河口は、会場の隅で自分が登るはずだった表彰台を見ていた。そして、繰り上げで表彰台にのってもニコリともしなかった岡島をずっと憶えていた。

「そんな、昔の話だろ。関係ないって」

病院のロビーで話を聞いた桑本が、慰めるように言った。

「俺が大会に出たら、また同じように野次られてみんなに迷惑がかかる。一度貼られたレッテルは、そんな簡単にははがれないんだ」

「じゃあ次、正々堂々と戦って、そのレッテルを貼ったヤツらを見返してやれよ」

桃田の強気な発言に河口は首を横に振った。

「……勝ったって、また不正したと思われる」

「お前が辞めたら、この部、終わりだろ……」

新井が下を向いた。すると、ずっと黙っていた岡島が口を開いた。

「……どう思われるかなんて関係なくないか」

河口が岡島を見る。岡島も強い目で河口を見返す。

「お前は誰と戦ってるんだよ。相手なんてどうだっていいんだよ」

「……」

「自分が、目の前の壁を越えればいい。それだけだ」

「……」

黙ったまま目をそらす河口に、岡島は熱のこもった声で言った。

「もっと純粋に壁と向き合え！」

「……岡島さんは、本当にそれができていましたか？」

「え……」

河口の言葉に岡島が眉をひそめる。

「……この前の試合で、純粋に壁と向き合えましたか」

そう言い残すと、河口は出口へと歩き始めた。

「……」

岡島は、この前の試合のことを思い出していた。大学最後の個人戦、岡島は過去の、ケガをする前の自分に負けたくないと必死になって目の前のホールドをつかみ損ねた。

（自分は、純粋に壁と向き合えていたのだろうか……）

河口に言った言葉がブーメランのように戻ってきて、岡島の心に突き刺さった。

一方の河口もまた、病院の長い廊下を振り返ることなく歩きながら、岡島のことを考えていた。あんな風に言い返してしまったのは、岡島の本来の姿を知っているからだ。河口は、ジュニア大会の授賞式後のことを思い出していた。会場中が、ルール違反の話題でもちきりになり、みんなが遠巻きに自分を好奇の目で見ていたときに、岡島だけが無邪気な笑顔でひとりぼっちだった自分に話しかけてきたのだ。

「なんで失格かはよくわかんないけど、すげーいいクライミングだったぜ！」

「……」

「今度、決勝戦で使ったムーブ、教えてくれよ。俺、マスターしたいんだよ」

「……」

「次は、勝ちたいんだよ」

河口を見る岡島の目はキラキラと輝いていた。ボルダリングが好きで好きでたまらない、少しでも強くなりたい、いいムーブがしたい、そしてひとつでも多くのホールドをつかみたい、そんな強い想いがにじんでいた。その目を見て、ずっと黙っていた河口もついうなずいてしまった。

「うん」

「約束だぞ！」

岡島は河口の肩を軽く叩くと去っていった。誰も自分に声をかけようとしない状況だったのに、ただうまくなりたいという一心だけで話しかけてきた、自分より少し年上のその男の子の笑顔が、少年時代の河口にはまぶしかった。

（もっと早く、あの子に会いたかった。そうすれば、僕は……僕はあんなこと……）

人目や成績ばかり気にしていた河口は、岡島には一生かなわないと思ったのだった。

あれから10年のときが流れ、4月に大学で岡島と再会してボルダリング部に誘われたとき、河口はまたあの純粋な輝きを岡島の瞳の中に見たような気がした。

（ああ、この人は変わっていない）

河口は嬉しかった。そして、岡島のもとでなら、またボルダリングが始められるかもしれない、そう思った。もともと大好きだった競技だ。この10年間も、本当はずっとずっと復帰したかった。でも、汚れてしまった手ではもう二度とホールドに触れてはいけないと思っていた。それでも、岡島と一緒なら、もう一度、純粋に壁と向き合えるかもしれない。そんな淡い期待が河口を突き動かしたのだった。

でも、やっぱりダメだった……。俺がチームにいたら、みんなに迷惑がかかるということが今日はっきりとわかった。俺はもう、ボルダリングができない。だから、せめて岡島にだけは伝えたかった。

(純粋に壁と向き合う、それが岡島さん、あなたの本来の姿だ……)

病院の外に出た河口の体に、秋の夜風が冷たく染みた。

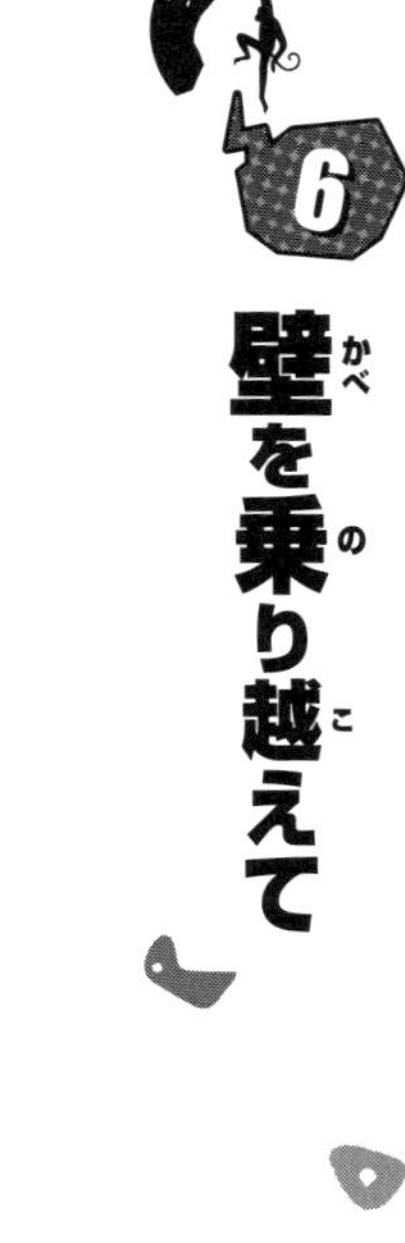

6 壁を乗り越えて

ムードメーカーだった桑本のケガと、エースの河口が抜けてしまったことで、これまで団体戦に向けひとつになっていたボルダリング部が、ふたたびバラバラになってしまった。本来なら最後の追い込みをやるべき時期に、みんなは練習場から足が遠のいてしまってい た。

高井戸は、ひとりで音楽スタジオにやってきて、ドラムの前に座った。

「……」

みんなにドラムの叩き方を教え、桑本が笑顔でドラムを叩いた日が、なんだかずいぶん昔のことのように感じる。高井戸は、無心になってドラムでビートを刻み始めた。

高井戸が重低音のビートを響かせていたころ、新井は川辺にいた。

「……」

大好きな自然の中で、無心になってみる。

(壁と向き合う前に、もう一度自分自身と向き合ってみるべ)

桃田はおそば屋さんのバイトの休憩中に、久しぶりにアケミの写真を眺めていた。

「……」

不思議なことに、アケミとの思い出よりも、なぜかボルダリング部の基礎練習のことや仲間たちと笑い合った日々が胸によみがえってきた。桃田はふっと笑った。

(いつから俺はこんなに男が好きになったんだ?)

桑本は、病院でケガの治療中だ。

「……」

大会参加は絶望的だった。でも、なぜか落ち込んではいなかった。

(壁を登れなくても、仲間のためにできることはあるよな……)


そして、中道はゲームセンターに来ていた。

「……」

ゲーム機には手も触れず、ただ、じーっと画面の上から落ちてくるブロックを見つめている。

(なんか、つまんないなぁ……)


スタジオで、ドラムを叩く高井戸の頭の中に、いつの間にかドラム以外の楽器の音が響いてきた。演奏しているのは、ボルダリング部の仲間たちだ。

そのとき、川辺に座っていた新井が立ち上がった！ バイトの休憩中だった桃田も立ち上がった！ 診察室の椅子から桑本が立ち上がった！ ゲームセンターでは、中道が立ち上がった！

高井戸の頭の中では、ドラムビートに合わせて桃田がギターをかきならしていた。気の短い桃田らしい激しい音色だ。キーボードは中道、オブザベーションのときと同じように鍵盤の上で指をなめらかに動かしている。ベースは新井、地味だけどキャプテン、俺たちのチームに欠かせない存在だ。そして桑本は楽しそうにタンバリンを叩いている。陽気な桑本に明るいリズムがよく似合う。

ボルダリング部のみんなで、ひとつのメロディーを奏でる。

(そうだ！　これが、俺がずっとやりたかったことだ！)

高井戸は無我夢中でドラムを叩いた。ドラムはもちろん大好きだ。でも、ひとりで叩きたいわけじゃない。みんなでひとつの目標に向かって疾走するのが楽しいんだ。頭の中で、メロディーがクライマックスを迎えた。高井戸は、ますます激しくドラムを叩く。振り乱した髪から汗が飛び散る。最後に、両手で左右のシンバルをバーンッと思いきり叩き、演奏が終わった。

「……」

静寂に包まれたスタジオで顔を上げると、新井、桃田、中道、桑本の４人が、まるでドラムにのせた高井戸の想いを受け取ったかのように、いつの間にかスタジオに顔をそろえていた。

「どうして……？」

「いや、なんか」

「わかんないけど」

「とりあえず」

「来てみた」

高井戸の質問に、４人がひと言ずつ答える。高井戸は、ひとりずつの顔を真剣なまなざしで見た。

「……今度の大会に出たい。バンドは解散してばっかだったからさ、今度は解散したくないんだよ。ひとりでやってても楽しくないし」

「……俺も、出たい！　勝ちたい」

中道が続いた。珍しく熱のこもった声で言うと、大きな紙袋をみんなに見せた。

「買ってきた。俺たちのそろいのユニフォーム」

その行動力にみんなが驚いていると、中道は照れかくしに言った。

「いや、あの、チョークで汚れた服着るの、イヤなんだ」

「でも、お金はどうしたの？」

「ゲーム売った」

桑本の問いにあっさりと答える。中道にとってゲームは相棒のような存在だ。それを売って、みんなのユニフォームを買ったことに、桃田は心を突き動かされた。

「俺も出たい！」

うなずき合う高井戸、中道、桃田の3人を見て、新井は黙り込んだ。

「……」

キャプテンの新井も、人一倍大会に出たい気持ちは強い。でも、大会には6人での参加が絶対条件だ。岡島と河口が欠けた今、自分たちは5人しかいない。しかも、そのうちひとりは腕を故障している。これでは、出場したくてもできないのが現実だ。軽々しく「出たい」とは口にできなかった。

（それに……）

新井は桑本の腕を見て、暗い顔になった。ギプスは取れたものの、まだ包帯をしているその腕は痛々しい。自分が山へ行こうなんて言わなければ、こんなことにはならなかった。今ごろ、みんなで大会に向けて練習場で遅くまで壁と向き合い汗を流していたはずだ。桑本だって大会に出られた。河口も辞めることはなかった。後悔ばかりが押しよせ、胸が詰まる。桑本が、そんな新井をやさしいまなざしで見た。

「……」

「ごめん」という言葉の代わりに、新井は目をふせた。すると、気持ちを察したかのように桑本が話し始めた。

「大会規定を読み直したら、6人出場はマストなんだけど、最悪、俺は登録だけで登らないってことはできるみたい。要は、不戦敗」

「え、そんなことできんの？」

驚く桃田に桑本がうなずく。

「うん……」

本当は、桑本だって大会に出たい。せっかく練習を積み重ねてきたのだ。みんなと一緒に戦いたい。でも、今の腕の状態ではクライミングなどとても無理だ。大島に言われたように、みんなに迷惑をかけてしまうだけだ。

それに、気がついたことがある。試合に出場することだけがチームじゃない。しっかりとみんなのサポートをすることだって、チームメンバーの立派な役割じゃないだろうか。責任を感じて暗い顔をしている新井の笑顔を取り戻すのも、ボルダリング部のムードメーカーである自分の立派な仕事だ。自分よりも仲間、久しぶりに集まったメンバーを見て、桑本の中でそんな想いが強くなった。

「まあ、だから、あとひとりいれば」

新井が桑本を見た。

「桑本、お前は本当にいいのか」

「もちろん」

力強くうなずいた桑本に応えるように、新井がようやく気合の入った声を出した。

「よしっ！　勧誘しに行くか！」

「オーッ！」

キャプテンの呼びかけに、みんなは久しぶりに声を合わせた。

そのころ、卒業まであと半年を切り、岡島の就職活動も切羽詰まっていた。同級生たちはとっくに内定をもらっている。ボルダリング部元キャプテンとして、なんとか就職を決めないと、そんな気持ちが岡島を焦らせる。

ある日のこと、面接の帰り道、岡島は町の小さなボルダリングジムの前を通りかかった。中ではふたりの青年がクライミングをしている。色とりどりのホールドがついた壁を見ただけで、岡島の胸が高鳴った。入口からしばらくうらやましそうにクライミングの様子を眺めていたが、中に入ることはせず、歩き始めた。しかし、しばらく行ったところで立ち止まり、きびすを返す。

スーツの上着だけを脱ぐと、ネクタイをしたまま腕まくりをしてチョークをつけ、岡島は壁の前に立った。フラットな壁にさまざまな形のホールドがついている。それを見つめていると、河口の言葉が頭をよぎった。

「岡島さんは、純粋に壁と向き合えましたか」

5月の個人戦のとき、自分は同じところで3度も同じミスを繰り返した。いつもなら、1度目のミスから学び、ムーブを修正していたはずだ。でも、自分は意地になっていた。ケガをする前にはできたことができなくなるなんて絶対にイヤだ。今思えば、意識が目の前のホールドではなく、自分の内側に向いていたような気がする。あのとき、ホールドを見上げながら思ったのだ。

(あれを片手でつかめば、自分に勝てる)

と。ケガに屈するなんて絶対にイヤだ。両手を使ったら、自分に負けてしまう。焦りとプライドが、岡島に同じミスを繰り返させた。

「岡島さんは、純粋に壁と向き合えましたか」

その言葉は、まるでトゲのように岡島の胸に刺さり、思い出すたびに心が小さくうずいた。

ボルダリングは人生と同じ。壁と純粋に向き合うということは、人生と純粋に向き合うということ。ただひたすら、目の前のホールドをつかみ、上へ上へ、一点のゴールに向かって慎重に選択を積み重ね、ときには大胆な戦略を用いて登り続けるということ。俺はボルダリングが大好きだ。壁を乗り越え、生きることが大好きだ。

「……」

壁の前にしばらく立っていると、いつの間にか、周囲の雑音が耳に入らなくなった。集中して目の前の壁だけに向き合う。岡島はスタートポジションにつくと、グイグイとホールドを頼りに壁をよじ登っていった。そして、ひとつの難所に差しかかった。

「……」

岡島は、少し先にあるホールドを見上げた。なにも考えず、ただ向き合う。そうだ、ボルダリングは人生と同じ。その場の勝ち負けではない。ただひたすら、目の前のホールドをつかむことに集中すれば、勝ち負けは後からついてくる。

壁にしがみつきながら、心は、どんどん静かになっていった……。

まるで、全宇宙に自分と目の前のホールドだけしか存在しないみたいに、それだけに意識が集中していく。岡島は、無意識のうちに弾みをつけ、目の前のホールドに向かって体を解き放つ。次の瞬間、岡島の右手ががっちりとホールドをつかんだ。

「……！」

ジャンプした反動で体が大きく左右に揺さぶられる。それでも右手はホールドをしっかりと保持していた。

（できた！）

ホールドにぶら下がりながら、岡島はふっと笑みをこぼした。

翌日、大学の学食で、河口はひとりで遅めのランチをしていた。初めて岡島たちを見かけたのとちょうど同じ席に座っている。すると、ひとりの学生が明るい声で話しかけてきた。

「哲学科の新入生？」

金髪に派手なキャップをかぶり笑顔を見せたのは、桑本だ。初めて出会った日とわざと同じセリフで河口に声をかけてきたのだ。Tシャツからのぞく左腕の包帯だけが4月とは違う。

「なんのマネだよ……」

戸惑っている河口に、桑本は人懐っこい笑みを浮かべる。

「よかったー。あ、俺、桑本。俺も哲学科」

「……」

河口は視線を合わせないようにしているが、そんなことでめげる桑本ではない。

「ねえねえ、サークルとか決めた？　俺、ダンスサークル辞めた！」

「……え、辞めた？」

河口は驚いて、思わず桑本を見た。

「うん！」

「……なんで？」

あんなに好きだったダンスサークルをどうして急に辞めてしまったんだろう。ケガだってそこまでひどくはないはずだ。河口は不思議そうに桑本を見つめている。桑本は、いつになく真剣な表情を浮かべた。

「ボルダリングに集中するから。団体戦に、集中するから」

「……」

「俺はたぶん、ケガで登れない。だから、最高のサポートに徹したい。アイツら、本気で頑張ってる」

「……」

「……アイツらを勝たせたいんだ」

「……」

「一緒にやろうよ、河口」

「……」

桑本の真剣な想いは、そのまなざしからも口調からも痛いほど伝わってきた。でも、自分はそれに応えることはできない。そんな資格は、自分にはないんだ……。河口は、押し黙ったまま一点を見つめた。

不正をしてしまったジュニア大会以来、封印してきたボルダリング。この数か月、久しぶりに競技に復帰し、壁を登っている時間は本当に楽しかった。目の前の壁を乗り越えていく楽しさ、そして、乗り越えたことを一緒に喜んでくれる仲間がいることの喜び。ジュニア時代には感じたことのなかった新たな楽しみをボルダリングに見出していた。今思えば、経験者の自分が、初心者の仲間たちに支えられていたんだ。

でも、昇竜大学とのいざこざは、自分の過去が原因だ。自分が、過去を気にせず、今、目の前にある壁にちゃんと向き合えていれば、桑本がケガをすることはなかった。みんなだって、きっとそう思っている。桑本はこうして自分を誘いに戻って来てくれた。

でも他のみんなは？

新井も桃田も中道も高井戸も、そして岡島さんだって、自分が競技に復帰することなんて望んでいないんじゃないか。自分がいると、みんながイヤな思いをするだけだ。だから自分は……。

そのとき、河口の目の前にドンとプロテインミルクが置かれた。見ると、高井戸が仁王立ちしている。新井、桃田、中道も一緒だ。みんなプロテインミルクを持っている。高井戸がニッと白い歯を見せた。

「食べ終わっただろ。飲むぞ！」

桃田がシェイカーのふたを取って、かかげた。

「乾杯！」

河口以外の４人が声を合わせる。

「乾杯！」

そして、みんなは一気にプロテインミルクを飲み干した。

「……」

今度は、新井が黒いTシャツを見せる。

「そろいのユニフォーム。お前にも着てほしい」

「買った俺な」

中道が新井を軽くにらんでから、河口に言う。

「ほら、似合うと思うよ」

「……」

河口はひとりひとりの顔を見た。

(どうして、どうして俺なんかを待っていてくれるんだ？　俺のせいでチームがバラバラになってしまったのに……本当に戻っていいのか……)

腕組みをして微動だにしなかった河口の胸に、熱いものがこみ上げてきた。河口は、プロテインミルクの入ったシェイカーを手に取って、ふたを開けると、一気に飲み干した。

「イエーイッ」

「やったー‼」

「よっしゃー！」

みんなは、口々に大きな歓声をあげた。

「よしっ！　じゃあ行くぞ！」

新井が嬉しそうに言った。これで、久しぶりに6人がそろった。

ボルダリング部、団体戦に向けて練習再開だ！


その日から、6人は毎日夜遅くまで練習を続けた。団体戦優勝を目指して、お互いに得意なことをアドバイスし合い、はげまし合いながら壁を登っていく。ボルダリングを始めて半年、朝から晩までボルダリングのことを考え、話し、チャレンジを続ける。そして、あっという間に時間は過ぎ、ついに団体戦まであと3日となった。

6人は練習を早めに切りあげて部室に戻ると、岡島に電話をかけた。ちょうど、面接の合間で休憩中だった岡島が電話に出た。

「もしもし」

「岡島さん、今、大丈夫ですか？」

「ああ。新井か」

「はい。この前は、僕らの不注意で心配をおかけしてすみませんでした」

「すみませんでした！」

新井以外の5人の声がスマホのスピーカー越しに聞こえてきた。

「みんないるのかよ」

岡島は、みんなの様子を思い浮かべ笑みをこぼした。

「……岡島さん、生意気な口きいてすみませんでした」

河口の低い声が岡島の耳に届く。

「河口……。いや、俺もお前に言われた言葉を……」

岡島はあのあとジムで体験したことを河口に伝えようとしたが、それをさえぎるように
スピーカーからは明るい声が響いてきた。桑本だ。

「岡島さん！　僕たち、団体戦に出ます！」

「おお、そうか」

「僕は登録だけで登りません」

「え……？」

「けど、みんな優勝したいんです」

「……」

電話口で、岡島は口をつぐんだ。桑本のケガはまだ完治していない。優勝したい気持ちはわかるが、5人で一体どうするというのだ？　岡島の疑問に答えるように、中道が続ける。

「なので、おりいって相談なんですけど、桑本の代わりに出てくれませんか？」

「え!?」

突然の申し出に、岡島は驚きの声をあげた。高井戸が大きな声で言う。

「実はもう、予備登録はしちゃいました！」

「勝手に」

思わず苦笑した岡島に、桃田が続ける。

「３日後、11時に試合開始でーす」

「ちょっと待って」

急いで手帳をチェックする。すると、３日後の11月25日は、10時から最終面接が入っていた。

「あ、その日、最終面接……ごめん。さっき連絡があったんだ」

岡島はため息をついた。

「そうですか……それは、しかたないですね」

新井の声は、明らかにがっかりしている。

「ごめんな……」

すると、新井が、電話口に向かって大きな声を出した。

「じゃあ、岡島さん、就活……」

「うん？」

「ガンバ！　ガンバ！　ガンバ！」

みんなの声援が岡島の耳に届く。

「ガンバ！　ガンバ！」

電話口から何度も何度も聞こえてくるその言葉に、胸が熱くなる。岡島は、思わず涙が出そうになるのを悟られないように言った。

「うるせえよ、お前ら。切るぞ！」

「はい！　失礼します」

「ふぅ……」

電話を切った後、岡島は大きな息をついて、空を見上げた。

（……みんなこそ、俺の分までガンバ！　団体戦！）

7 決戦の朝

『日本学生スポーツクライミング　団体選手権大会』。

ついに試合当日がやってきた。

いくつかの大学の選手たちがすでにウォーミングアップを始めている会場に、黒いおそろいのTシャツに身を包んだ取手坂大学ボルダリング部の6人が到着した。

緊張気味に会場を見渡すと、各大学のフラッグが見えた。その中には、取手坂の青いフラッグもある。『来たれ！　ボルダリング部　レッツ・クライミング！』と書かれたフラッグは、岡島が新入生勧誘のときに使っていたものだ。

『来たれ！　ボルダリング部！』、この言葉のもとに集まった1年生6人の集大成を見せるときが来た。みんなは、フラッグを見上げて誓った。

「絶対、勝つ！」

一方、岡島も最終面接を受けるため、とある企業の入口に立っていた。この会社がラストチャンス。ここがダメなら、就職浪人は免れないだろう。岡島は、厳しい顔でガラス張りの立派なビルを見上げた。

「……」

『最終選考会　会場』と書かれた案内にしたがって、緊張気味に中へと入っていく。面接会場の外には順番待ちの椅子が並んでいて、リクルートスーツに身を包んだ学生たちが、岡島と同じように緊張気味に姿勢を正して座っていた。

ひとりずつ、名前を呼ばれ部屋に入っていくたびに、席を詰めていく。誰ひとり、口をきく者はいない。みんな、この日のために試験を受け、数度の面接をへて、やっとここまでたどり着いたのだ。絶対に受かりたいという決意で、空気が自然と張りつめる。

ときどき、会場内から学生の声が漏れ聞こえてくる。岡島は、面接を受けている自分の姿をイメージした。

（まるでアイソレーションゾーンみたいだ）

まだ見ぬ壁の前に立つ自分をイメージして集中を高めているときと、面接を待つ間の緊張感はよく似ていた。岡島は、自分の手のひらを見つめた。マメだらけの手、幼いときからずっとホールドをつかみ続けた手。指の付け根のあたりがずいぶん固くなっている。

「……」

自分の手を見ていると、ボルダリングにすべてをかけてきたこれまでの日々がよみがえってきた。小さいときからボルダリングが大好きだった。うまくなりたくて、何度も何度も壁を登った。ムーブだって繰り返し練習した。つらい筋トレにも耐えた。手のひらのマメだって、数えきれないほどつぶしてきた。壁を乗り越えるためなら、とにかくなんだってやった。そうして大学生になるころには、全国でも名前の知られた選手になった。それでも、つい最近まで自分には見落としていたことがあった。

「ボルダリングの醍醐味は自分との戦い、個人戦だ」

数か月前、岡島は部員たちにそう言った。確かに、究極的にはボルダリングは自分との戦いだ。でも、この競技はそれだけじゃ終わらなかった。今までずっとひとりで壁と向き合っていると思ってきたけれど、6人の仲間と出会って気がついたことがあった。

新井、桃田、高井戸、中道、桑本、そして河口、彼らとともに練習しなければ、見えなかったことがたくさんあったのだ。

(壁を登るときはひとりだけど、でも、ひとりじゃない)

もうダメだと思うときもあったけど、なぜか今思い出すのは、みんなの笑顔と声援だ。

(……俺は、ひとりじゃない!)

今だって、団体戦を戦う仲間たちと思いはひとつ、同じ壁を登っているんだ。

「岡島さん、ガンバ!」

「ガンバ! ガンバ!」

仲間たちの声が脳裏にこだました。

ちょうどそのとき、面接室のドアが開いた。

「岡島さん、どうぞ」

「はい」

岡島は、大きく息をついて立ち上がると、会場へと入っていった。

団体戦の会場では、ボルダリング部のメンバーが試合開始を待っていた。緊張をほぐすように声をかけ合いながらストレッチをして、体を伸ばす。岡島のいない初めての大会に不安がないわけではなかったが、みんなは練習を積み重ねてきた自分を信じ、一緒にここまでやってきた仲間たちを信じ、試合に臨もうとしていた。

岡島の最終面接はそつなく進んでいた。

「それでは、最後の質問です。学生生活を通じて、もっとも困難だったことはなんですか？　そして、それをどう乗り越えましたか？」

面接官の問いに、岡島は少し間を置いてから、しっかりとした口調で話し始めた。

「はい。一番の困難は、ボルダリング部でのケガです。私は、幼少のころからボルダリングというスポーツをやっておりまして、大学2年のときはインカレで2位になりました。次は優勝だ。そう思っていた矢先にケガをしてしまって、1年間を棒に振ってしまいました。そして、最後の大会。結果は……ダメでした……」

岡島は、個人戦での敗北の瞬間を思い出した。ホールドをつかみかけた右手の指がすべり、そのままマットに落下したあの屈辱の瞬間だ。

「それで？」

面接官が言葉に詰まった岡島をうながすように尋ねた。

「はい。確かに大会では負けてしまいました。でも、その後、同じような課題に挑戦したら、試合では登れなかったのに、登れたんです」

「ほう、なるほど。それはなぜだと思いますか？」

「それは……仲間のおかげです」

岡島は、面接官をまっすぐに見つめた。

「ずっとひとりでリハビリをしていて、勝手に過去の自分に勝たなければいけないと、意地を張っていたんです。けど、仲間と一緒に練習していくうちに、周りが見えてきて、どうやって登ったらいいのか自然とわかって……」

岡島の脳裏に、仲間たちの顔が浮かぶ。何度失敗しても笑顔で笑い飛ばす桑本、壁の前で計算するように手を動かしルートを読む中道、プロテインミルクをおいしそうに飲む高井戸、元カノの写真を見ながらトレーニングにはげむ桃田、キャプテンとしてみんなをまとめようと必死になる新井、そして、誰よりも華麗なムーブで難所を切り抜ける河口……みんなと一緒になってボルダリングのことを考えていると、岡島もいつの間にか笑顔になっていた。

「あと、なにより僕は楽しむことを忘れていたんです。楽しくて始めたのに、楽しむことを忘れて……けど、仲間と一緒に練習するのが、心から楽しくて。やっと、純粋に壁と向き合えたんです」

この言葉を口にしても、もう胸が痛むことはなかった。

「岡島さんは、純粋に壁と向き合えましたか」

河口の言葉がなければ、岡島のボルダリングにかけた青春は中途半端なままで終わっていただろう。仲間のおかげで、自分はひとつの大きな壁を乗り越えることができたんだ。

純粋に壁と向き合うということは、純粋に人生に向き合うということ。人生は「今」というホールドの積み重なり。その「今」にいかに純粋に向き合うことができるかで、人生の次の一手が決まる……！


「すみません！」

岡島は突然立ち上がると、驚く面接官たちに宣言するように言った。

「俺、やっぱり行きます！」

岡島は、走って面接会場を後にした。

「ちょっと君！」

止める面接官の声は、もう岡島の耳には届かなかった。


岡島は走った。

外は、いつの間にか土砂降りの雨が降り出していたが、岡島は傘もささずにとにかく走って、走って、走り続けた。就活でボロボロになった革靴が雨水を吸って重たくなる。きっと今日で履けなくなるだろう。でも、構わない。

俺は、やっぱりボルダリングがやりたい！

みんなと一緒に戦いたい！

このままじゃ、俺の青春は終われないんだ！


大会会場では、仲間たちがそれぞれの想いを胸に背中合わせに座っていた。

会場のアナウンスを聞き、エントリーシートを見ていた桑本がため息をついた。

「間もなく、エントリーを締め切ります」

試合に出ることはできない。ということは、団体戦で自分の試合は不戦敗になる。チームにひとつ負けがつくということだ。みんな口にはしないが、1ゲーム落とすということは、確実に優勝からも遠ざかるということだ。

（みんな、ごめん……）

桑本は、心の中でそうつぶやくとエントリーシートを提出しに受付に向かった。みんなも、桑本に続く。

「取手坂大学です」

緊張気味に、両手でエントリーシートを提出する。受付の女性がシートを確認しながら、ひとりずつの点呼をした。

「えっと、河口亮二さん」

「はい」

「新井武蔵さん」

「はい」

「桃田渉さん」

「はい」

「高井戸仁太さん」

「はい」

「中道……」

すると、そこへ金髪の男が駆けこんできた。水がしたたり落ちるほどずぶ濡れのその男は、岡島だ！

「岡島さん!!」

岡島は、勢いあまって桑本の両肩をつかんだ。

「出ます！　俺、出ます！」

最終面接を飛び出した岡島は、雨の中をひたすら走って滑り込みで大会に駆けつけたのだ。エントリーシートに急いで名前を記入して、受付の女性に頭を下げる。

「お願いします！」

「ていうか、髪……いつの間に？」

新井が、金髪に戻った岡島を不思議そうに見た。

「ああ、雨のせいだろ」

就活のために染めていた黒髪が、雨ですっかり金髪に戻ってしまったようだ。久しぶりに見る岡島の金髪に、部員たちは緊張がほぐれ、なんだか元気がわいてきた。桃田が大きな声で言う。

「あ、ヤベェッ！　岡島さんのユニフォームねえじゃん！」

「あっ」

高井戸が桑本に駆けよる。

「脱いで、脱いで！」

「おう！」

桑本が慌ててユニフォームを脱ごうとすると、新井がそれを止めた。

「ありますよ！　岡島さんの分も！」

新井は、真新しい黒いTシャツを自慢げに岡島に渡した。

「おっ！　やるなー！」

岡島は満面の笑みでユニフォームを受け取った。中道が新井を軽くにらむ。

「だから、買ったの俺な」

岡島が来たことで急に元気になったボルダリング部のメンバーは、思わず笑い合った。

雨で顔を濡らしたまま、岡島はキラキラした目でみんなを見た。

「よーしっ！　お前ら、優勝するぞ！」

「オーッ！」

取手坂大学ボルダリング部、いよいよ勝負だ！

8 つかめ！ラスト・ホールド！

試合までの待ち時間、桃田は雨上がりの外の空気を吸いに会場を出た。

「桃田君？」

ちょうど試合を見にきていたひとりの女の子が、桃田に声をかけてきた。

「アケミ……」

長い黒髪にワンピースを着たその女の子は、桃田の元カノのアケミだった。桃田が、ボルダリングを始めるきっかけを作った元カノだ。アケミは、ユニフォーム姿の桃田を見て驚いたように言った。

「ボルダリング、やってたんだね」

「おう」

アケミがボルダリング野郎に取られたから始めたんだとは言えず、桃田はあいまいに答える。

「なんか……カッコよくなったね」

チャラい感じだった半年前と比べ、体は筋肉がついて引き締まり、顔も精かんになった桃田を見て、アケミがほほ笑んだ。

「ごめん。試合に集中しないと。行くわ」

桃田は軽く笑顔を見せ、アケミを置いて会場に戻った。

「え……!?」

そっけない桃田に、アケミはぽかんとした。

会場への道を戻りながら、桃田はすがすがしい気持ちになった。アケミがきっかけで始めたボルダリング、桜庭というライバルをやっつけアケミを取り戻すことだけを考えていた半年前の自分が、ちっぽけに思える。

今の自分には、もっと大事な目標ができた。仲間とともに、この大会に勝つこと。

勝つということは、誰かをやっつけるということじゃない。みんなで、今日まで練習してきた力を精いっぱい出しつくすということだ。

桃田は、引き締まった表情で会場へと戻っていった。


いよいよ試合開始時刻の11時になった。参加チームが会場の中央に集められる。男子団体戦は、6人ひとチーム。予選ナシの一発勝負だ。審判員が、選手たちの前に立つ。

「それではルールを説明します。各チーム6人、ひとり1課題ずつ登ってもらいます。1課題につき、制限時間は4分。選手間同士のアドバイスを許可します。完登数の多いチームが優勝です。完登数が並んだ場合は、トライが少ないチームが勝ちです」

団体戦に向け、それぞれ得意分野に磨きをかけてきた取手坂大学は、横に並ぶ昇竜大学にも負けない実力をつけたはずだ。ルートを素早く正確に読み、的確に登っていく。練習通りの力を発揮できれば、昇竜にも勝てる可能性はある。

ついに、試合が始まった。会場の電光掲示板、4分にセットされたタイマーが1秒ずつ減っていく。それぞれの大学の選手が課題をひとつ完登するたびに、会場からは大きな歓声と拍手があがる。

「わーっ！」

「いいぞー！」

「ガンバ！」

逆にミスをして落ちてしまうと、会場は「あーっ」という落胆の声に包まれる。観客たちの多くは、選手を見守ってきた家族や友人など身近な人々だ。選手たちを応援する気持ちも強い。選手たちは、観客の声援を背中に感じながら、大学ごとにひとりひとつずつ課題にトライしていく。

参加校の全10校のうち8校が終わった時点で、6つの課題のうち5課題を完登した大学がトップに立った。9番手は昇竜大学だ。強豪校だけあって、会場からの声援もひときわ大きくなる。

「ガンバ！　ガンバ！」

選手がひとりずつ壁にトライしていき、着実に完登していく。

「ガンバ！」

「ナイス！」

チームメイトからも声援が飛ぶ。そして、桜庭の出番。

「ガンバ！　ガンバ！」

会場の声がより一層大きくなった。この課題を完登すればトップにおどり出る。桜庭は、チョークを手につけると目の前の壁を見上げた。

「……」

静かにスタートポジションにつく。会場の空気が張りつめる。そして、スタート直後の難所を一発でクリアすると、桜庭は見事に完登した！

「よっしゃーっ！」

トップ・ホールドに両手をかけると振り返り、ガッツポーズをして雄叫びをあげる。後方から見守っていたコーチの大島が、「よしっ」と小さくうなずいた。

応援に来ていた取手坂大学のＯＢ、田原と八木も、その見事なクライミングに思わずため息をもらす。田原が言う。

「昇竜大学は、ラスト課題を残して５人とも完ぺき。５完登で、１度も落ちてない」

「次も落ちないで登っちゃったら……？」

「アイツらは、全員ノーミスで6完登しなくちゃいけない」

「なかなか手強いねぇ」

八木が腕組みをした。

昇竜大学の6番手の選手が、壁を見上げながらチョークのついた手をはたき、スタートポジションについた。垂直な壁、中盤のホールドの配置にかなり距離があり、難しいルートだ。まだ誰も完登できていない。選手は、しなやかなムーブで小さなホールドに次々と手足をかけると、勢いよく難所のホールドに向かってジャンプした。片手の指がホールドをとらえたが、体の反動に耐えきれず、落下してしまった。

「おっ」

観客席の八木が声をあげた。田原が続く。

「これでワンミス」

大島が、厳しい顔で見守っている。

「……」

昇竜の選手たちが大きな声を出す。

「ガンバ！　ガンバ！」

「伸びろ、伸びろー！」

選手は少し考えてから2回目のトライを始めた。1回目に失敗した難所まで来ると、さっきよりも遠くへジャンプして、今度は、つかみ損ねたホールドとその横に並ぶホールドを左右の手でがっちりとつかんだ。両手で支えることで、ジャンプの反動で体が振られても落ちずに耐えることができた。そして、今回は見事に完登した。

「よっしゃー！」

「ナイス！」

チームメイトがハイタッチで出迎える。クライミングを見ていた八木がつぶやく。

「さすがの修正能力」

「うちは、1回のミスだけは許されると……」

「なかなか厳しいねぇ」

八木と田原はため息をついた。

アイソレーションゾーンには、取手坂のボルダリング部だけが残っていた。おそろいの黒いTシャツに身を包み、背中合わせに円になって座り、集中を高める。大切なのは、成功するイメージ。トップ・ホールドを両手でつかむ。そのイメージを何度も繰り返して頭に焼きつける。

場内に取手坂大学のアナウンスが流れる。さあ、いよいよ出番だ！

「行くぞ！」

「オーッ！」

岡島のかけ声に、部員たちが全員立ち上がった。さあ、いよいよ出番だ！

最初のクライマーは桃田。壁の前に立ち、ルートを読む。

「ガンバ！」

「桃田、ガンバ！」

「ガンバ！」

岡島のひと声に部員たちもたて続けに声援を送る。その声を背中に受けながら、桃田はスタートポジションについた。

「……」

慎重に体勢を整え、小さなホールドをしっかりと握る。岡島が、隣にいた桑本に尋ねる。

「プレッシャーのかかる1番手をなんで桃田にした？」

「度胸はもちろんのこと、今日のアイツは集中力抜群。一番冷静です」

桑本の言う通り、桃田は度胸では誰にも負けない。桑本と河口にはったりをかまして、ボルダリング部に強引に入れたのも桃田だった。気が短いのが欠点で、すぐにキレるところがあるが、団体戦に向けて練習を積み重ねていくうちに少しずつ落ち着いてきた。中道の指導のもとルートを読むことを学んでから、数手先を読んで行動する冷静さを身につけたようだ。

サポートに徹していた桑本は、桃田を近くで見ていてその変化に気づいていた。とくに、今日の桃田は、ここ最近の中で一番いい集中を見せているように感じた。

桃田が壁を登り始めた。

「ガンバ！」

岡島に続いて部員たちも声をあげる。

「ガンバ！」

「ガンバ！」

「いいぞ！　ガンバ！」

トライ中のルートは、浅めのホールドや小さめのホールドが多く、足場が悪い。桃田は、おそば屋さんで培った抜群のバランス感覚をいかし、一手一手、丁寧にムーブしていく。

「よーし！」

「いいぞ！　いける！」

観客席で見ている八木も田原も燃えていた。まるで自分が壁と向き合っている選手になった気分だ。

ゴール手前、広がって配置されている浅いホールドに左右の足を置き、左側に大きく寄せて配置された大きめのホールドを両手でつかむ。左半身に負担がかかるバランスの難しい体勢から、右手、左手と素早く両手を動かしてトップ・ホールドをつかんだ。

「おーっ！」

その見事なムーブに、観客席から拍手と歓声があがる。完登した桃田は、マットに飛び降りると、想いを爆発させるように、

「おっしゃー！」

と大声で叫び、ガッツポーズをして仲間のもとに戻った。

「ナイス！」

「よくやった、桃田！」

仲間たちは、ハイタッチで桃田を迎えた。1番手がノーミスで完登！　さいさきのよいスタートに、みんなでうなずき合う。

2番手は高井戸、オーバーハングの壁に、持ちにくそうな大きめの角ばったホールドがいくつかついていて、見るからに筋力が必要そうなルートだ。

「ガンバ！　高井戸！」

「落ち着いて」

仲間たちの声援を受けて高井戸がスタートポジションについた。挑戦者をはねのけるように手前に傾斜する壁を、グイグイと手足の筋力を頼りに登っていく。しかし、中盤に差しかかり、高井戸の動きが止まってしまった。床に対してほぼ平行になって壁にしがみついたまま、次の一手を考えあぐねているようだ。

「……」

開始からまだ2分もたっていないが、すでに額には汗がにじんでいる。両手両足で傾斜の激しい壁にしがみついていると、それだけで体力がどんどん奪われていく。

観客席の田原が心配そうにつぶやく。

「足の置き場がないな……」

次のホールドに手を伸ばすには、今の足の位置では遠すぎる。でも、近くにちょうどよいホールドはない。

「くっ……」

高井戸が苦しそうに声をもらす。この難所をどう切り抜けるかが勝負の分かれ目だ。昇竜大学の成績を考えると、自分がここでミスをするわけにはいかない。

制限時間は４分。刻一刻とタイムアップが近づいてくる。

「……！」

そのとき、高井戸が大胆なムーブを見せた。ホールドを持つ右腕に左足を引っかけ「４」の字を作ったのだ。そして自分の腕を置き場にして足を支えながら、反対の手で次のホールドをつかんだ！

「フィギュア４‼」

八木が大きく目を見開いた。これは、柔軟性と筋力を兼ね備えた選手にしかできないとても難易度の高いムーブだ。４月の勧誘のとき、岡島に「見せ筋」と指摘された高井戸の筋肉は、練習を重ねるうちに、ただ見せるためだけではないしなやかさと力を備えた最強の筋肉に変化していたのだ。

高井戸は、難所を切り抜けると、腕に引っかけていた足を抜いて元の位置に戻した。そして、次々とホールドをつかんでいき、ゴール手前のホールドを抱きしめるように両腕で抱えた。

「よっし！」

勝利を確信した岡島が、嬉しそうにほほ笑む。ライバルの昇竜大学の選手からもその見事なムーブにため息がもれる。高井戸は、トップ・ホールドをしっかりとつかむと、みんなの方を振り返ってガッツポーズをした。

「よっしゃー！」

高井戸の雄叫びが会場に響き渡った。

3つ目の課題は、複雑な形の赤いホールドがつらなるコースだ。先ほどの高井戸のときにあったような角ばった大きなホールドから、丸く小さなスローパー、細長いピンチなど、ホールドの数は多いが、足の置き場、手の置き場を考えるのが厄介でトリッキーなルートだ。

この課題を担当するのは、オブザベーションの達人、中道だ。

壁の前に立つと、中道は指を動かしてパズルを解くようにルートを読み始めた。かなり複雑なルートなので、いつもより長く時間がかかる。さらに、指をホールドに引っかけるような形にして、登り方のイメージも同時に頭の中に描いていく。

仲間たちは、なかなかスタートしようとしない中道を静かに見守っている。しびれを切らした八木と田原が観客席から遠慮がちに声援を送る。

「ガンバァ」

「中道、ガンバ……」

電光掲示板のタイムは残り3分を切り、どんどん減っていく。

「どうしたんだよ、アイツ」

八木が心配そうに田原の方を見た。

「ずっとコースを読んでるな」

「それにしても……そろそろ登った方がよくない？」

八木が時計を気にした。

そのときだった。中道が小さくうなずき、チョーク入れに両手をぐっと突っ込んだ。指先から二の腕の近くまで、チョークをたっぷりと、まんべんなく塗る。今、ここで自分が落下するわけにはいかない。筋力に自信がない分、せめて手ぐらい滑らないようにしないと。ついこの間まで、チョークで手や服を汚したくないと言っていた潔癖症の中道が、チヨークまみれの手を思いきりはたいてスタートポジションについた。あたりにふわっとチョークの粉が舞う。

壁を登り始めた中道を見て、岡島が横にいた桑本に言った。

「アイツらしいな」

「はい。体力に自信があるわけじゃないから、基本一発勝負です」

計算通りに足と手を動かし、正確なムーブで登っていく中道に、岡島がエールを送る。

「ガンバ！」

河口や他のみんなも続く。

「ガンバ！」

「中道、ガンバ！」

「ガンバ！　ガンバ！」

途中、一瞬ホールドに片手でぶら下がるような体勢になり、見ていた方はヒヤリとしたが、これも計算のうち。すぐに、右足を大きく伸ばして一番安定したホールドを足場にすると、中道の手足の長さにそれぞれのホールドがピタッとはまった。入学当時は、体を動かす運動系のサークルに入るなんて思ってもいなかった。しかし、オブザベーションというボルダリング競技ならではの面白さにすっかり魅了され、中道はどんどんボルダリングにのめり込んでいった。仲間の前では、いつもクールに装っていたが、本当は「ガンバ！」という仲間の声援を聞くと、壁の途中でくじけそうなときも力がわいてきたんだ。クールで潔癖症だった自分の中に、こんなにアツい闘志が眠っているなんて思いもしなかった。

桑本が壁を登る中道を見てふっと笑った。

「結局、アイツが一番チョークまみれ」

中道は、細長い穴の開いた唇のような形のトップ・ホールドに両手の指を深く入れてがっちりとつかんだ。

「おーっ！」

客席から拍手が起きた。これで、３人ノーミスで完登だ！　飛び降りた中道は、仲間たちに向かってぐっと拳を突き上げた。

「つしゃー!!」

中道の雄叫びを初めて聞いた仲間たちは、一瞬戸惑いつつも、

「よっしゃー！」

と、笑いながら大きな声を返した。そんなみんなを見て、急に恥ずかしくなる中道であった。


ここまで3つ、ちょうど半分の課題が終わった時点で、昇竜大学の大島が、厳しい顔で順位表のモニターを確認した。取手坂大学が3位に浮上している。1位はもちろん6完登の昇竜大学だ。残りの選手は、新井、岡島、河口の3人。この3人がミスをしなければ、昇竜を逆転し、取手坂の優勝が決まる。

後半戦、新井がマットに上がった。観客席の田原が八木に言う。

「これをミスなく登りきれば、あとは岡島と河口」

「ふんばりどころだな」

新井はコースを読み終わると、チョークを手につけ緊張をほぐすように大きく息を吐いた。しかし、壁を登り始めてすぐのところで、動きが止まってしまう。次の一手がわから

なくなってしまったのだ。

「……」

新井は両手でつかんでいたホールドから左手を離し、足もぶらぶらさせて、全身の力を抜いた。そしてサルやオランウータンと同じように、ホールドに残した右腕をできるだけ伸ばす。こうすることで、すこしでも体力の消耗をおさえ、その間にルートを読み直すつもりだ。仲間たちがひときわ大きな声で、声援を送る。

「新井、ガンバ！」

「ガンバ！　ガンバ！」

声をかけながら、桑本は新井が個人戦の帰り道に夜のキャンパスで言った言葉を思い出していた。

「人生で乗り越えられない壁は目の前さ現れない。壁さ現れたからには、もうちょっと頑張ってみるべきだと思うんだ」

個人戦でボロ負けし、さらに岡島の引退を知って落ち込んでいた仲間たちをなんとかはげまそうと、新井は必死で自分たちに訴えかけた。あのころの新井は、まだメガネをかけていてなまりもひどかった。

（そうだ。目の前にある壁は必ず乗り越えられる）

そう思ったとき、桑本の目にゴールまでの道筋が見えた。桑本は目いっぱいの声で叫んだ。

「先に足を送れーっ!!」

「！」

桑本の言葉に、新井が反応する。

新井は、自分の右にあるホールドを横目で確認した。そして腕の反動を利用して、振り子のように体を大きく揺すると、つかまっているホールドのほぼ真横、１８０度の位置にあるホールドに足をかけた。

「よーしっ！　ナイス！」

桑本が叫んだ。ケガで試合には出られないが、今、俺は新井と一緒に戦っている。「乗り越えられない壁は目の前さ現れない」、そう言った新井とともに、壁を登っているんだ。

「ガンバ！　新井、ガンバ！」

みんなの声援を背に受け、新井が高い高い壁をよじ登っていく。そして、ついにトップ・ホールドを両手でつかんだ。完登だ。

「ハァハァ……」

背中で大きく息をする新井に、会場から惜しみない拍手が送られる。

仲間のもとに戻ると、みんなは「ヒューヒュー」と言いながら笑顔で新井を迎えた。

「ナイス！」

と言って拳を合わせてくる仲間たちに、新井は、

「ウホッウホッ」

と、オランウータンの物まねをして、おどけてみせた。

後輩を見守る八木と田原も笑顔になる。

「ここまでノーミス！」

「ああ」

新入部員ばかりでここまで戦えるとは、正直、想像もしていなかった。にわかに、優勝というふた文字が現実味を帯びてきて、ふたりは期待に胸をふくらませた。残すは経験者

の河口と岡島、昇竜大学のメンバーにおとらない実力の持ち主だ。これは、ひょっとするとひょっとするかもしれない。

5番手の岡島が、みんなに言った。

「気づいたことがあったら教えてくれよ。次は勝ちたいんだ」

キラキラと輝く岡島の目を見て、河口はジュニア大会のときのことを思い出していた。

(あのときと同じ目だ。純粋に壁と向き合っている岡島さんのあの目だ……)

ボルダリングが大好きで、うまくなるためならどんなことでもやってみたいというまっすぐな瞳、あのときと同じ瞳を、やっぱり今も岡島さんは持ち続けていたんだ。

(だから、やっぱりこの人にはかなわない)

ふだんはあまり笑わない河口が、ふいに笑顔を見せた。ボルダリングを岡島と同じチームでできることを心から幸せだと感じていた。河口は、スタートポジションに向かう岡島に向かって、誰よりも大きな声で声援を送った。

「岡島さん、ガンバ!!」

岡島は、ブルーのホールドが配置されたルートを読み始めた。スタートポジションの大きなホールドから、次の貝殻の形をしたホールドまで、かなりの距離がある。距離感を間違えずに大きく跳躍しなければ届かない難所がいきなり立ちはだかっているというわけだ。

岡島は、目の前に現れた壁をワクワクしながら見上げた。その顔はまるで少年のようだ。ボルダリングって楽しい！　ただ純粋に、そんな思いが心の底からわき上がってきた。チョークをつけている間も、岡島は壁から目を離そうとしない。壁を見ているだけで、楽しくて自然と笑みがこぼれる。

これが、泣いても笑っても学生最後の勝負だ。悔いのないよう、ただ目の前の壁に向き合おう！

「なんか、岡島変わった……」

「おお」

田原のつぶやきに、八木が大きくうなずいた。

後方で試合を見守っていた大島も、取手坂大学の大躍進に、いつの間にか前に出てきて昇竜大学の選手たちと一緒に試合の行方を見守っていた。

岡島がスタートポジションについた。大きなホールドに両手足を引っかける。この体勢からの跳躍は、決して簡単ではない。スタートの位置で小さく体を丸め、上方の貝殻のホールドを見上げる。

「……」

余計なことはもう考えない、意地も張らない。頭の中が、どんどん空っぽになっていく。そう、この感覚だ。宇宙空間に、目の前のホールドと自分の体だけしかないようなこの感覚が俺は大好きだ。ボルダリングは人生と同じ。目の前のホールドにただ純粋に向き合う。

岡島はまっすぐな目でホールドを見つめた。河口がつぶやく。

「越えてくる……！」

次の瞬間、岡島は高く高く飛び上がった！　そして、完ぺきな距離感で、貝殻のホールドに両手でしがみついた。

「よし！」

「ナイス!!」

仲間たちから歓声があがる。八木が思わず立ち上がって叫んだ。

「岡島ー！」

「ガンバ！」

「ガンバ！」

「いいぞ、ガンバ！」

おそろいの黒いTシャツを着た仲間たちが、声を枯らして声援を送る。岡島は左腕を壁に這わせるようにしてトップ・ホールドになんとか指を引っかけた。続いて右手を移動させて両手でホールドをつかんだ。これで、完登だ！

「おーっ！」

5番手の岡島がノーミスでクリアしたことで、場内からも大きな歓声と拍手が起こった。

岡島はホールドにぶら下がったまま、しばし達成感に身をゆだねた。大切な最終面接を途中で放り出し、このホールドをつかむために、俺はここに来たんだ。

これでいい、これでよかった！

岡島は、満面の笑みを浮かべた。そして、そのまま仲間たちの方を振り返ると、片腕を振り上げガッツポーズをして喜びの雄叫びをあげた。

「よっしゃ――――っ‼」

岡島を見上げていた仲間たちも、ガッツポーズをして叫んだ。

「おっしゃー！」

「よーしっ！」

「ナイス！」

田原と八木が嬉しそうに言う。

「アイツ、個人戦のときより成長してやがる」

「いいぞいいぞ！　岡島！」

　ふたりの先輩は、まるで自分のことのように岡島の完登を喜んだ。個人戦のときには、片手でいって失敗した岡島だったが、今度は両手でがっちりとホールドを抱えてみせた。岡島のクライミングを見ていて、ふたりとも現役時代に戻ったみたいにワクワクした。人は大人になっても成長できるのだということを、ふたりはボルダリングを通じて久しぶりに思い出した。

岡島が笑顔で仲間のもとに戻ってきた。

「つしゃ！」

ひとりひとりと力強くハイタッチを交わすたびに、チョークの白い粉があたりに舞い散る。モニターの順位表では、取手坂大学が2位に浮上した。昇竜大学の選手たち、そしてコーチの大島の表情がますます険しくなる。観客席の人々も、いつの間にか立ち上がり、今大会のダークホース、取手坂大学のトライを前のめりで見ている。

河口がマットに上がり、壁を見上げた。

田原が言う。

「これで河口がパーフェクトで登りきれば勝ち……」

「いけるぞ、いけるぞー！」

ふたりは、期待に胸をふくらませて、席に着くと改めて河口に声援を送った。

「河口、ガンバ!!」

「ガンバ！」

壁の前に立った河口は、大島の方を見やった。

「……」

「……」

自分が競技に復帰してからも、ずっと厳しい言葉をかけ続けた恩師は、今も険しい顔で河口をじっと見ている。河口は、壁の方に向き直りコースを読み始めた。岡島がそんな様子を見てつぶやく。

「自分に勝てよ……」

河口が、スタート・ホールドに両手をかけた。

「ガンバ！」

岡島がエールを送ると、みんなも最後の力をこめて、河口を応援した。

「河口、ガンバ！」

「ガンバ！」

「ガンバ！」

慎重に、小さなホールドをとらえていく河口のムーブには、無駄がなく見ている者を惹きつける美しさがある。今は強豪校のコーチとなった大島が基礎を教え込んだからだ。

「……」

大島は、静かに元教え子のクライミングを見守った。次の一手が難所だ。小さなホールドで両手足の4点を支えながら、遠くのホールドに飛びつかなければならない。

目指すホールドを見上げ、タイミングを慎重に計る。そのとき、場内のざわめきが河口の耳に入ってきた。

「……」

会場の視線を急に背中に意識してしまい、イヤな汗が出る。また個人戦のときと同じだ。心のどこかでずっと抱いている罪悪感が、壁を登る河口に襲いかかる。そのとき、仲間の声が響いてきた。

「河口、ガンバ！」

「河口、しっかり！」

そうだ、越えなくちゃならない。俺を信じてくれた仲間のためにも、俺には越えなければならない壁があるんだ！

河口は思いきりジャンプした。だが、ホールドをつかみ損ねて落下してしまった。会場から、落胆の声がもれる。

「あー……」

八木が田原に言う。

「さっきの昇竜大学と同じミス……」

「けど、まだワンミス。次でつかめば……」

「同点。でも、落としたら負けだ……」

「次が勝負」

「ああ」

八木は、緊張して唾を飲み込んだ。制限時間が少なくなる中、河口が急いで2回目のトライをしようとしたとき、中道が河口に声をかけた。

「河口、ふたつのホールドを両手で押さえた方がいけるんじゃないか」

コースを読むのが得意な中道が、練習のときと同じようにアドバイスをした。河口は、壁を振り返った。中道の指摘通り、つかみ損ねたホールドのすぐ横に、同じぐらいのサイズのホールドがもうひとつある。確かに、片手でひとつのホールドをつかむよりも、両手で両方のホールドをつかみにいった方が安定しそうだ。しかし、河口は、中道を見ると言った。

「ごめん。もう1回やらせてくれ」

「あぁ……」

意外な答えに中道は戸惑った。しかし、岡島は河口の決意の表情を見ていた。

「好きにしてこい！」

「いけー！　河口！」

桑本が続いた。さらに高井戸、桃田、新井も、

「ガンバ！　河口、ガンバ！」

とエールを送った。中道も最後に大きな声で言った。

「ガンバ！」

河口は、ふたたび壁の前に立って、先ほどミスをしたホールドを見上げた。

「……」

そのホールドは、ジュニア大会のときのボーナス・ホールドと色も形もよく似ていた。

オレンジ色で表面に波のような浅い凹凸がある大きめのホールドだ。小学生のとき、前日に感触を確かめていた自分は、本番で右手だけでホールドをうまくつかむことができた。あのとき、もし何も知らずに壁に向き合っていたら？　純粋に、目の前の壁に向き合っていたらどうなっていただろう？　その問いが今日までずっと河口を苦しめてきていた。

チョークをつけながら、河口は幼いときからの日々を振り返った。小さいとき、自分は岡島さんに負けないぐらいボルダリングが大好きな少年だった。目の前の壁を乗り越える、単純だけど奥が深いこの競技に夢中だった。

でもあの日、ほんの一瞬、魔が差したことで、積み重ねてきた努力のすべてが崩れ去った。俺は、弱い自分に打ち勝つことができなかった。

純粋に壁と向き合って、今の自分の全力で壁にぶつかっていく。跳ね返されたら、もう一度チャレンジすればいい。そうやって何度でもチャレンジして乗り越える、それがボルダリングなのに。負けることが怖くて、自分を見失ってしまったんだ。

団体戦、優勝したい気持ちは河口だってみんなと同じだった。でも、その前に、どうしても乗り越えなければならない壁が河口の目の前にはあった。

（負けたって構わない。純粋に壁に向き合えるなら……）

河口は仲間たちの方を見た。アイツらはきっとわかってくれる。だって、アイツらは俺の最高の仲間だから！

河口は、チョークをはたくと、もう一度スタートポジションについた。さっきと同じムーブで難所の手前まで登ると、オレンジ色のホールドを見上げた。

（ズルをした過去は消えることはない。だとしたら、そいつと向き合って乗り越えるしかない！）

「……」

「……」

「……」

取手坂大学の仲間たち、昇竜大学、観客席、みんなが固唾を飲んで河口を見守った。会場の静寂を桃田の声援がやぶった。

「行けー！　河口！」

高井戸も続く。

「決めろー！」

そして、岡島が河口の背中を押すように、最後の力を振り絞って叫んだ！

「河口、つかめ！　ラスト・ホールド!!」

河口はそれを合図に大きく大きく飛んだ！　右手の指先が、ホールドの端をつかんだ！

「……！」

岡島が目を見張る。

「……」

仲間たちも息を飲んで河口を見つめる。しかし、次の瞬間、河口の右手はホールドから滑り落ち、すらりとした体がそのままマットに落下した。

「うっ」

マットの上で河口が小さなうめき声をあげた。そして悔しそうに、拳で何度も何度もマットを叩いた。

「うわー――っ」

乗り越えられなかった……。過去の自分に勝てなかった……。やっぱり、あのときはズルをしたからホールドをつかめたんだ。

これで負けた、すべてが終わった……。

俺は、俺には……やっぱりボルダリングをやる資格なんてない。俺のせいで、俺が過去にとらわれているせいで、チームまで負けてしまった……。

「……」

河口の胸は、悔しさと仲間への申し訳なさでいっぱいになった。マットにひざを沈めたまま、立ち上がることすらできなかった。

「……」

岡島や、仲間たちもそんな河口にかける言葉が見つからない。会場も静まり返っている。

制限時間はどんどん減るばかりだ。河口は、そのまま試合を終えようとしていた。だが、マットのふちが涙でにじんで見えなくなったそのときだった。低くて重たい声が河口の耳に届いた。

「河口！」

声の方を見ると、大島がまっすぐに河口を見ていた。大島は口に手をあて叫んだ。

「ガンバ！」

「……！」

河口は、大島が自分にエールを送ってくれたことが信じられなかった。その声援をきっかけに、岡島や仲間たち、そして会場のみんなが河口に声援を送り始めた。

「河口、ガンバ！」

「河口、ガンバ！」

「河口、ガンバ！」

河口は、声に後押しされるように立ち上がった。そして、チョークを手につけ、大島の方を見た。大島は、「いけ！」と言うように、しっかりとうなずいた。

残り時間は40秒を切っている。これがラストトライ。河口は急いでスタートポジションにつくと、もう一度、壁を登り始めた。

はじき返されても何度でも登る。それがボルダリングだ。あきらめない。もう一度、チャレンジだ。

（そうだ！　俺には、越えなくちゃならない壁がある！）

河口は、弾みをつけてホールドに向かって3度目のジャンプ！　右手の指先が引っかかった！　反動で体が大きく振られるが、全身全霊、ぐっと指に力をこめると、左手も伸ばしホールドをがっちりと両手でつかんだ！

「……」

大島は、河口を見てしっかりとうなずいた。

「おっしゃー！」

「イエーイ！」

「やったー！」

岡島と仲間たちは、喜びを爆発させた。河口は、そこから一気にゴールのトップ・ホールドをつかみ、完登！　会場からは今日一番の大きな拍手がわきおこった。

トライを終え、仲間のもとに戻った河口が今にも泣きそうな顔で言った。

「……ごめん」

「お前、ふざけんなよ！」

桃田が笑顔で言った。

「カッコつけすぎ！」

桑本も笑いながら言う。中道、新井、高井戸が続く。

「ナイスすぎるよ！」

「ナイス、ナイストライ！」

「最高だったよ！」

みんなもなぜか泣きそうになって河口の肩を叩いた。

「……」

仲間たちに囲まれ、泣き笑いの河口の姿を大島が静かに見守っていた。

そして、岡島も満面の笑みで河口のトライを称えた。

「河口、ナイストライ」

こうして、団体戦は幕を閉じた……。

「あーあ、来年の目標ができちゃったなぁ。誰かさんのせいで」

『団体戦第2位　取手坂大学』と書かれた賞状を部室の壁に飾りながら、新井が河口を振り返った。団体戦から数日後、ボルダリング部の6人の部員たちは、全員そろって練習の準備をしていた。来年の目標、インカレ優勝を目指して、今日から練習再開だ。そこへ、スーツ姿の岡島が入ってきた。

「お疲れー」

「お疲れさまです」

「あ、岡島さん。もう部員ホールド外しちゃってもいいですよね？」

団体戦のときにはアツいガッツポーズを見せていた中道が、いつものクールな調子に戻って尋ねた。

壁には、それぞれの名前が書いてある7つのホールドが取りつけられていた。

一番端のホールドが岡島のホールドだ。

「なに、ずいぶんドライだな、お前ら」

岡島が口をとがらせる。すると、携帯が鳴った。

「もしもし、岡島です。あ、はい。はい……え!?　ありがとうございます！　失礼します！」

岡島はハキハキと話し終えると、電話を切った。桑本が好奇心いっぱいの顔で尋ねる。

「え、なんすか？」

「この前の最終面接、受かった！　内定もらった!!」

「えぇーっ!?」

みんな、一様に驚きの声をあげた。中道がみんなを代表してきく。

「え、この前のって、あの途中で出てきちゃった面接ですか？」

「うん！　途中で出て試合に行ったやつ」

「すごい会社っすね」

河口が苦笑した。

「おめでとうございます！」

桑本は手を叩いた。

「面接で、なにしゃべったんすか？」

「それは……教えないよ！」

新井の問いに、岡島は笑顔でおどけた。

信じられないことに、最終面接を途中で飛び出し団体戦の会場へと走った岡島が、内定をもらえたのだ。岡島のボルダリングへの愛と仲間へのアツい想いが、面接官の胸を打ったのだろうか。

なにはともあれ、これで無事に春から岡島も社会人だ。そこへ、今度はメールの着信が来た。岡島が内容を確認し、思わず声をあげる。

「なにぃ!?」

「次はなんですか？」

岡島の驚きように、桃田が呆れる。

「やっぱ内定取り消しとか？」

「スポーツクライミングが東京オリンピックの追加競技になった！」

「えーっ!?」

「ウソだろ!?」

「マジかー」

みんなは、慌てて岡島の周りに集まると、スマホの画面を確認した。そこには、スポーツクライミングの写真付きのニュースが出ていた。見出しには確かに『スポーツクライミング　東京オリンピックの追加競技に決定！』とある。

「うわぁ、ほんとだ！」

桑本が感激の声をあげた。

「おおおーっ」

他のみんなも歓声をあげる。河口がみんなを見た。

「ますます来年のインカレは優勝しなきゃだな！」

「オーッ！」

「岡島さんは……？」

河口の言葉を中道が続ける。

「就職、ですか？」

すると、岡島が白い歯をニッと見せて笑った。

「……んなわけないだろっ!!」

目指せ！　東京オリンピック！　岡島はスーツ姿のまま、練習場に向けて部室を跳ねるように飛び出していった！

つかむぞー！　ラスト・ホールド!!

★小学館ジュニア文庫★

ラスト・ホールド!

2018年 5 月12日　初版第 1 刷発行

著者/松井香奈
脚本/川浪ナミヲ・高見健次

発行人/立川義剛
編集人/吉田憲生
編集/山口久美子

発行所/株式会社　小学館
〒101-8001　東京都千代田区一ツ橋２－３－１
電話　編集　03-3230-5105
販売　03-5281-3555

印刷・製本/加藤製版印刷株式会社

デザイン/高橋いずみ

Printed in Japan　　ISBN 978-4-09-231232-6

★「小学館ジュニア文庫」を読んでいるみなさんへ★

この本の背にあるクローバーのマークに気がつきましたか？

オレンジ、緑、青、赤に彩られた四つ葉のクローバー。これは、小学館ジュニア文庫のマークです。そして、それぞれの葉の色には、私たちがジュニア文庫を刊行していく上で、みなさんに伝えていきたいこと、私たちの大切な思いがこめられています。

オレンジは愛。家族、友達、恋人。みなさんの大切な人たちを思う気持ち。まるでオレンジ色の太陽の日差しのように心を暖かにする、人を愛する気持ち。

緑はやさしさ。困っている人や立場の弱い人、小さな動物の命に手をさしのべるやさしさ。緑の森は、多くの木々や花々、そこに生きる動物をやさしく包み込みます。

青は想像力。芸術や新しいものを生み出していく力。立場や考え方、国籍、自分とは違う人たちの気持ちを思い、協力しあうことも想像の力です。人間の想像力は無限の広がりを持っています。まるで、どこまでも続く、澄みきった青い空のようです。

赤は勇気。強いものに立ち向かい、間違ったことをただす気持ち。くじけそうな自分の弱い気持ちに立ち向かうことも大きな勇気です。まさにそれは、赤い炎のように熱く燃え上がる心。

四つ葉のクローバーは幸せの象徴です。愛、やさしさ、想像力、勇気は、みなさんが未来を切りひらき、幸せで豊かな人生を送るためにすべて必要なものです。

体を成長させていくために、栄養のある食べ物が必要なように、心を育てていくためには読書がかかせません。みなさんの心を豊かにしていく本を一冊でも多く出したい。それが私たちジュニア文庫編集部の願いです。

みなさんのこれからの人生には、困ったこと、悲しいこと、自分の思うようにいかないことも待ち受けているかもしれません。どうか「本」を大切な友達にしてください。どんな時でも「本」はあなたの味方です。そして困難に打ち勝つヒントをたくさん与えてくれるでしょう。みなさんが「本」を通じ素敵な大人になり、幸せで実り多い人生を歩むことを心より願っています。

小学館ジュニア文庫編集部

★小学館ジュニア文庫★ ワクワク、ドキドキがいっぱいのラインナップ

〈話題の映画&アニメノベライズシリーズ〉

アイドル×戦士 ミラクルちゅーんず！
あさひなぐ
兄に愛されすぎて困ってます
一礼して、キス
海街diary
映画くまのがっこう パティシエ・ジャッキーとおひさまのスイーツ
映画プリパラ み～んなのあこがれ♪ レッツゴー☆プリパリ
映画妖怪ウォッチ 空飛ぶクジラとダブル世界の大冒険だニャン！
映画妖怪ウォッチ シャドウサイド 鬼王の復活
おまかせ！みらくるキャット団 ～マミタス、みらくるするのナ～
小説 おそ松さん 6つ子とエジプトとセミ

怪盗グルーのミニオン大脱走

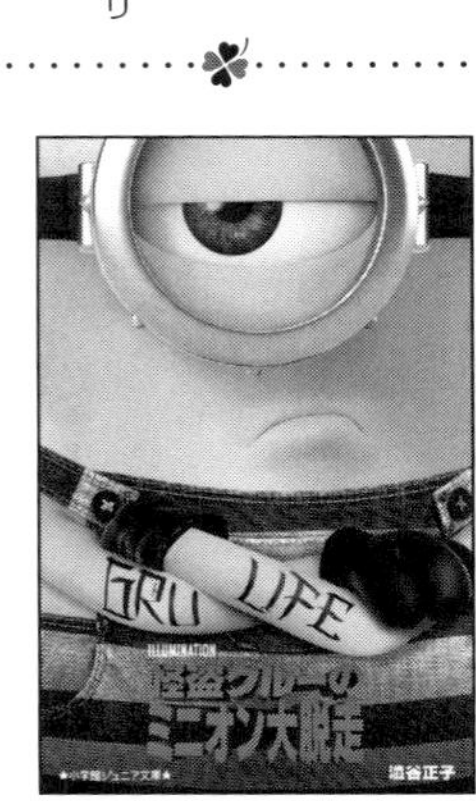

怪盗ジョーカー 開幕！ 怪盗ダーツの挑戦!!
怪盗ジョーカー 追憶のダイヤモンド・メモリー
怪盗ジョーカー 闇夜の対決！ ジョーカーVSシャドウ
怪盗ジョーカー 銀のマントが燃える夜
怪盗ジョーカー ハチの記憶を取り戻せ！
怪盗ジョーカー 解決！ 世界怪盗ゲームへようこそ!!
がんばれ！ ルルロロ
境界のRINNE 謎のクラスメート
境界のRINNE 友だちからで良ければ
境界のRINNE ようこそ地獄へ！
くちびるに歌を
劇場版アイカツ！
劇場版ポケットモンスター キミにきめた！

心が叫びたがってるんだ。
坂道のアポロン
貞子VS伽椰子
真田十勇士
ザ・マミー 呪われた砂漠の王女
SING シング
シンドバッド 空とぶ姫と秘密の島
シンドバッド 真昼の夜とふしぎの門
呪怨―ザ・ファイナル―
呪怨―終わりの始まり―
小説 映画ドラえもん のび太の宝島

スナックワールド
スナックワールド　メローラ姫を救え！

8年越しの花嫁　奇跡の実話
未成年だけどコドモじゃない
トムとジェリー シャーロック ホームズ
NASA超常ファイル　～地球外生命からの挑戦状～
二度めの夏、二度と会えない君
バットマンVSスーパーマン　エピソード0 クロスファイヤー

ペット
ボス・ベイビー

ポケモン・ザ・ムービーXY　破壊の繭とディアンシー
ポケモン・ザ・ムービーXY　光輪の超魔神フーパ
ポケモン・ザ・ムービーXY&Z　ボルケニオンと機巧のマギアナ
ポッピンQ
まじっく快斗1412　全6巻
ミニオンズ
ラスト・ホールド！

〈この人の人生に感動！ 人物伝〉

井伊直虎　～民を守った女城主～
西郷隆盛　敗者のために戦った英雄

杉原千畝
ルイ・ブライユ　暗闇に光を灯した十五歳の点字発明者

次はどれにする？　おもしろくて楽しい新刊が、続々登場!!

★小学館ジュニア文庫★ ワクワク、ドキドキがいっぱいのラインナップ

〈大人気！「名探偵コナン」シリーズ〉

名探偵コナン　瞳の中の暗殺者
名探偵コナン　天国へのカウントダウン
名探偵コナン　迷宮の十字路
名探偵コナン　銀翼の奇術師
名探偵コナン　水平線上の陰謀
名探偵コナン　探偵たちの鎮魂歌
名探偵コナン　紺碧の棺
名探偵コナン　戦慄の楽譜
名探偵コナン　漆黒の追跡者
名探偵コナン　天空の難破船
名探偵コナン　沈黙の15分
名探偵コナン　11人目のストライカー
名探偵コナン　絶海の探偵
名探偵コナン　異次元の狙撃手
名探偵コナン　業火の向日葵
名探偵コナン　純黒の悪夢
名探偵コナン　から紅の恋歌

名探偵コナン　ゼロの執行人

ルパン三世VS名探偵コナン　THE MOVIE
名探偵コナン　江戸川コナン失踪事件 史上最悪の二日間
名探偵コナン　コナンと海老蔵 歌舞伎十八番ミステリー
名探偵コナン　エピソード"ONE" 小さくなった名探偵
小説　名探偵コナン　CASE1～4
名探偵コナン　安室透セレクション ゼロの推理劇

〈背筋がゾクゾクするホラー&ミステリー〉

怪奇探偵カナちゃん
恐怖学校伝説
恐怖学校伝説　絶叫怪談
こちら魔王110番!
リアル鬼ごっこ
ニホンブンレツ(上)(下)
ブラック

〈みんな大好き♡ディズニー作品〉

ディズニーツムツムの大冒険　～トキメキ パティシエ・パーティ～
ディズニーツムツムの大冒険　～ハラハラ! ジェットコースター～
美女と野獣　～運命のとびら～(上)(下)
眠れる森の美女　～目覚めなかったオーロラ姫～

〈時代をこえた面白さ!! 世界名作シリーズ〉

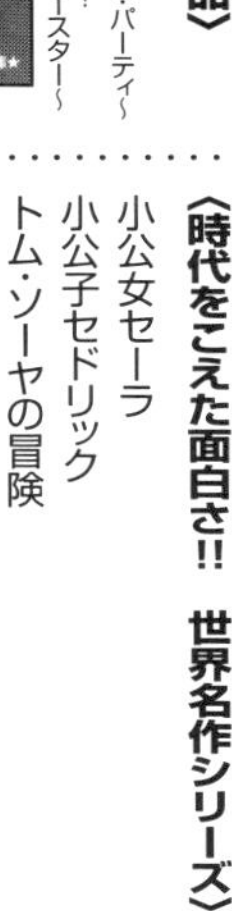

小公女セーラ
小公子セドリック
トム・ソーヤの冒険
フランダースの犬
オズの魔法使い
坊っちゃん
家なき子
あしながおじさん
赤毛のアン(上)(下)
ピーターパン
宝島

次はどれにする?　おもしろくて楽しい新刊が、続々登場!!

★小学館ジュニア文庫★ ワクワク、ドキドキがいっぱいのラインナップ

〈ジュニア文庫でしか読めないオリジナル〉

いじめ 14歳のMessage
お悩み解決！ ズバッと同盟 長女VS妹、仁義なき戦い!?
お悩み解決！ ズバッと同盟 おしゃれコーデ、対決!?
緒崎さん家の妖怪事件簿
緒崎さん家の妖怪事件簿 桃×団子パニック！
緒崎さん家の妖怪事件簿 狐×迷子パレード！
華麗なる探偵アリス＆ペンギン
華麗なる探偵アリス＆ペンギン ワンダー・チェンジ！
華麗なる探偵アリス＆ペンギン ミラー・ラビリンス
華麗なる探偵アリス＆ペンギン サマー・トレジャー
華麗なる探偵アリス＆ペンギン トラブル・ハロウィン
華麗なる探偵アリス＆ペンギン ペンギン・パニック！
華麗なる探偵アリス＆ペンギン ミステリアス・ナイト
華麗なる探偵アリス＆ペンギン アリスVS.ホームズ
華麗なる探偵アリス＆ペンギン アラビアン・デート
華麗なる探偵アリス＆ペンギン パーティ・パーティ

きんかつ！
きんかつ！ 恋する妖怪と舞姫の秘密
ギルティゲーム
ギルティゲーム stage2 無限駅からの脱出
ギルティゲーム stage3 ベルセポネー号の悲劇
ギルティゲーム stage4 ギロンバ帝国へようこそ！
銀色☆フェアリーテイル ①あたしだけが知らない街
銀色☆フェアリーテイル ②きみだけに贈る歌
銀色☆フェアリーテイル ③夢、それぞれの未来
ぐらん×ぐらんぱ！ スマホジャック
ぐらん×ぐらんぱ！ スマホジャック ～恋の一騎打ち～
12歳の約束

女優猫あなご

白魔女リンと3悪魔
白魔女リンと3悪魔 フリージング・タイム
白魔女リンと3悪魔 レイニー・シネマ
白魔女リンと3悪魔 スター・フェスティバル
白魔女リンと3悪魔 ダークサイド・マジック
白魔女リンと3悪魔 フルムーン・パニック
白魔女リンと3悪魔 エターナル・ローズ
天才発明家ニコ＆キャット
天才発明家ニコ＆キャット キャット、月に立つ！
謎解きはディナーのあとで
のぞみ、出発進行!!
バリキュン!!
ホルンペッター
ぼくたちと駐在さんの700日戦争 ベスト版 闘争の巻